KB178462

무관심 시대

류재엽

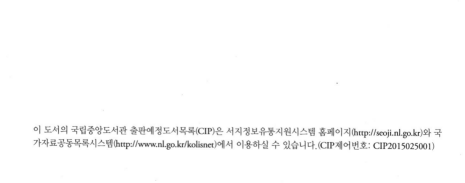

이 도서의 국립중앙도서관 출판예정도서목록(CIP)은 서지정보유통지원시스템 홈페이지(http://seoji.nl.go.kr)와 국가자료공동목록시스템(http://www.nl.go.kr/kolisnet)에서 이용하실 수 있습니다.(CIP제어번호: CIP2015025001)

류재엽 수필집

무관심 시대

푸른사상
PRUNSASANG

비평가의 수필집

문학에서 비평은 어느 위치에 서 있으며 평론가들은 어떤 존재인가. 이론과 실제에 있어서 상이한 현상이면서 이 문제는 직접 간접으로 비평의 자리매김이나 위상에 직결되고, 나아가서는 자주 일어나게 마련인 평론가와 창작가 사이의 갈등과도 연결되는 과제이다. 창조적 문학이며 힘의 문학인 시나 소설, 희곡, 수필 등에 비하여 토의적 문학이요, 지식의 문학 속성을 지닌 비평은 서로 대조적이다. 이런 속성 때문에 비평가와 창작자 사이에는 적지 않은 오해와 갈등 양상을 있어왔지만 실제에 있어서 창작자와 비평가는 적대 관계가 아니라 진정한 문학 발전을 위해 같은 길을 걷는 동지 관계이다. 창작 부문과 비평 부문이야말로 동전의 양면과 같은 것으로서 서로의 존재 가치를 지닌 상호 보완의 협력관계인 것이다. 그러나 비평의 특성과 창작의 본질을 망각한 나머지, 혼선을 빚고 적지 않은 대립 의식을 갖기도 한다. 그러나 비평은 창작과 더불어 서로 상위도 하위도 아닌 불가분의 관계 그대로 문학 예술의 발전에 필요한 독립적 존재이다. 두 장르는 본질적인 속성상 서로 대립된 채 간섭, 규제하는 것 같지만 실은 격려, 지적해서 바로잡아 지원하는 관계이다. 그리고 따져보면, 비평은 결코 창작 분야에 매달려 시중을 들거나 해설만 하는 처지가 아니라 창작자 못지않게 창작적인 기능을 맡고 있는 창의적 분야인 것이다. 비평은 창작 분야의 시나 소설, 희곡 등과 함께 독립적인 지위를 확보하고 있다. 뿐만 아니라 나아가서는 시나 소설 등에 뒤지지 않는 독자적인 창작 행위로서의 직능도 수행하고 있는 것이다. 프랑스의 소설가 바르트(R. G. Barthes)는 "비평이 그 자체로 하나의 언어"로써 창작 작품의 체계를 재구성하고 있음을 말한다. 비평의 문학에서의 위상에 관해서는, 영국의 시인 엘리엇(T. S. Eliot)은 비평가는 작자와 독자의 중간에서 작품 이해를 도와주고 매개해주어야 한다고 주장하였다. 프랑스의 비평가 알베레스(R. M.

Allberes)는 작가와 독자 사이에서 중간자 내지 전달자의 역할을 맡은 존재가 비평가라고 말한 바 있다. 따라서 평론가는 이들이 밝힌 대로 작자와 독자 사이에 매개자, 교사, 전달자의 역할을 성실히 해내야 함은 물론, 날로 발전해가는 현대사회와 독자를 위해 더욱 진중하고 적극적으로 작가 및 독자 앞에 서서 올바른 문학으로 이끌어나가야 할 것이다.

금년으로 고희를 맞았다. 두보(杜甫)의 시구(詩句) '인생칠십고 래희(人生七十古來稀)'를 빌리지 않더라도, 이젠 제법 나이가 들었다고 해도 과언은 아니다. 그러다 보니 무언가 한 가지쯤 뜻 깊은 일로써 마음의 점을 찍고 싶다는 생각이 들었다. 대학에 30년 이상 재직하다 보니 그동안 활자화된 짧은 글들이 200여 편이 넘는다. 이를 정리하여 수필집 한 권을 세상에 선보이고 싶었다. 그래서 자료 더미를 뒤져 잊혔던 글들을 찾아보았다. 그렇지만 옛 글들을 다시 읽으면서, 이것은 도저히 수필이 될 수 없다는 생각을 떨칠 수가 없었다.

수필이 아무리 자유로운 형식의 글이라 할지라도 거기엔 인생의 풍부한 경험이 깃들어 있어야 하고, 자연에 대한 신선한 감각과 인간에 대한 따뜻한 시선이 담겨야만 된다는 사실을 새삼 깨달을 수 있었다.

전공이 문학비평이고 대학에서 후학을 지도하다 보니, 내딴에는 수필이라고 쓴 글들이 자연히 내용과 문장이 경직되어 독자에게 도저히 용납이 되지 않는 글이었다. 무언가 가르치려고 하는 타성에 젖은 글을 수필집이라는 이름으로 한데 엮어 세상에 내놓는다는 건 글자 그대로 후안무치(厚顔無恥)의 행동이 아닐 수 없다.

이로써 얻은 교훈이 한 가지 있다면, 좋은 창작을 한다는 일이 얼마나 어려운가 하는 것이었다. 필자가 시, 소설, 수필 등을 창작하는 사람이 되지 못하고 문학을 해석하고 비평하는 사람이 된 데에 대한 회의가 들면서, 창작인들에 대한 존경심이 마음속에서 절로 일어나기 시작했다.

그렇지만, 2백여 편의 글이 모두 자식이라는 생각에 이를 그대로 사장시키기에는 아깝다는 생각이 들어 그 가운데 40편의 글을 골라 책을 묶기로 하였다. 이전에도 없었고, 앞으로도 없을 필자에게는 단 한 권의 수필집이라는 사실이 책을 출판하는 이유의 전부이다. 그리고 이 책을 지금껏 사랑으로 저를 감싸준 가족과 우정으로 저를 대해준 친구들에게 남기고 싶은 것도 숨길 수 없는 욕심이었다. 부끄럽지만 이번에 세상에 내어놓는 수필집에 대한 많은 질정과 채찍을 아끼시지 말기를 당부 드린다. 어려운 시절임에도 흔쾌히 출판을 맡아준 푸른사상사의 한봉숙 대표와 수고하신 편집팀에 심심한 사의를 표한다.

2015년 여름

경운서(耕芸墅)에서 저자 지

차례

제2부 언어와 문화

제3부 전통의 계승

제4부 생활의 주변

문학과 독서

유희춘의 『미암일기』

　『미암일기』의 저자 유희춘(柳希春)은 조선 선조 시대의 명신이
자 학자이다. 호는 미암, 자는 인중, 본관은 선산으로 부인은 여
류 문인 송덕봉이다. 김안국, 최산두의 문인으로서 중종 33년
(1538) 별시 문과에 병과로 급제, 관계에 진출하여 수찬, 정언
등의 벼슬을 지냈다. 그러나 정치적으로는 매우 불운하여 명종
2년(1547)에 일어난 양재역의 벽서 사건에 연루되어 제주에 안
치되었다가 종성, 은진 등지로 이배되어 20년간의 유배 생활을
보냈다. 그러다가 명종 20년(1565) 마침내 문정왕후가 죽고 윤
원형의 세력이 몰락하자 이 사건에 연루되었던 유희춘 등도 비
로소 귀양에서 풀려나 다시 벼슬에 나아가게 되었다.

　다시 조정에 등용된 유희춘은 직강으로 지제교를 겸하였다
가, 선조가 즉위한 후 대사성, 부제학, 전라 관찰사, 대사간 등

을 역임하고 선조 8년(1575) 이조판서에서 물러나 낙향했다. 그는 경사에 밝고 성리학에 조예가 깊어 퇴계, 율곡과 어깨를 나란히 할 만큼 학문이 높았으며, 특히 조선 제일의 경연관이라는 평가를 얻고 있다. 그에 관한 기록은 『율곡전서』, 『조야집요』, 『연려실기술』, 『해동명신전』 등에 나온다.

그는 일생을 통해 많은 저서를 남겼는데, 『속위변』, 『주자어류전해』, 『시서석의』, 『헌근록』, 『역대요록』 등이다. 그러나 그의 저서 중 가장 중요한 것은 1567년부터 1577년까지 11년 동안의 기록 『미암일기』이다. 이 책은 그가 직접 자필로 쓴 소중한 자료로 평가된다. 『미암일기』는 모두 11권에 달하는 분량의 일기로서, 후일 선조실록의 자료가 된 귀중한 사료로 평가받는다. 이러한 사료적 가치로 말미암아 1963년 1월 21일 보물 제260호로 지정되기도 하였다.

그러나 『미암일기』는 단순한 사료에 머무르지 않는다. 역사적 사건의 기록과 더불어 그의 사상과 학문 이외에도, 정치, 사회, 경제, 민속, 의례, 어학 등 다양한 분야에 걸친 기록을 남기고 있다. 『미암일기』에 기록된 당시의 정치 상황으로는 붕당 등에 관해 자세히 밝혀져 있으며, 사회와 경제 부문에 관해서는 양반 계급의 타락상과 함께 서리들의 횡포, 노비 제도의 문란, 물물교환, 관리의 녹봉, 공사 무역의 실상이 자세하게 적혀 있다. 민속과 의례 분야에는 세시풍속, 궁중가례, 복식 등에 관해서도 서술하고 있으며, 그 밖에 이두, 직지방 등에 관한 어학 부문의 기록도 나타난다. 또한 의학, 천문기상학, 식생활 등에 대한 기록도 있어 저자의 박학함을 한눈에 알 수 있다.

그러나 이 책은 인쇄, 출판을 공부하는 학생들에게도 반드시 필요한 책이라고 할 수 있다. 『미암일기』에는 도서 거간꾼[書冊僧], 도서 장정인[粧冊匠] 등에 관한 기록과 영리를 목적으로 한 서적상, 서적 인출, 유통에 대한 기록 이외에도 남효온의 『육신전』 『추강냉화』와 김시습의 『동봉집』, 어숙권의 『패관잡기』 외에도 『삼국지』 『전등신화』 등에 관한 언급이 있어, 조선 중기의 도서 출판의 제도와 서책의 종류를 파악하는 데 커다란 도움이 된다.

『미암일기』에는 서적 인출에 관한 기록이 여러 번 나타난다. 서적 인출에는 왕명에 의해 중앙 관서에서 인출하는 경우와 지방관아에서 인출하는 경우가 있었다. 서적을 중앙 관서에 인출하는 경우에는 대개 통치 이념의 확립이나 유교적 질서 체계의 유지를 위해 주로 경서류 위주로 시행되었다. 그리고 이렇게 인출된 서적은 당상관이나 일부 당하관에게 공급되었기 때문에 일반 서민으로서는 구득하기가 매우 어려웠다. 중앙 관서에서 필요한 일부 서적은 거간꾼을 통해 시중에서 사들였다.

반면에 지방 관아에서 서적을 인출하는 경우에는 그 목록이나 종류에 크게 제한을 받지 않았다. 서적 인출은 지방관이 결정하였다. 일부 중앙 관서의 서적의 인출을 대행하기도 하였지만, 그 지방의 관리나 지방 양반들이 목민관과의 친분을 기화로 하여 자신의 저술, 조상의 문집이나 심지어 족보까지 관아에서 인출하게 한 것으로 짐작된다.

교서관에 소속되어 있는 관리는 서적의 인출과 함께 서적의 매매 업무도 함께 담당하였으며, 서적의 인출을 위해 닥종이를 보관하던 풍저창이라는 기구를 따로 두었다는 기록도 있다. 당시 인출된 서적의 양이 수요자의 요구를 모두 채울 수 없었던 것으로 보인다. 그래서 예를 강론하는 데 필요한 교재 『예기』를 소장한 이가 많지 않았다고 하니, 비교적 하급 관리에게는 중앙 부서에서 인출된 서적의 공급이 원활하게 이루어지지 못했음을 짐작할 수 있다. 그런 탓으로 일부 사대부들은 타인으로부터 서책을 빌려 이를 직접 필사하거나 서사관, 또는 서원이나 책색 서리에게 대필토록 하여 소장하였다. 이러한 과정에서 자연스럽게 대필을 전문으로 하는 서사라는 직업이 생겨났는데, 이들은 주로 중인 출신이었다.

이들은 대필을 해주거나 필사를 해주고는 거기에 상응하는 일정의 대가를 받았다. 그 대가는 주로 금전이었지만, 간혹 미곡 등을 받거나 어물 따위를 받는 경우도 있었다. 서적의 본문 인출이 끝나면 책 표지에 글씨를 쓰거나 그림을 그린 다음 제본을 하게 되며, 이때 도서 장정이나 제본을 주로 담당하는 사람을 장책장이라 불렀다.

한편, 도서 유통에는 주로 친척이나 친구로부터 서적을 선물로 받거나 책을 빌려온 다음 이를 필사하여 보관하는 방법, 또는 국가 기관으로부터 하사 내지 증정을 받는 경우가 있었다.

그러나 대부분의 경우 중개인의 역할을 담당한 서적 거간꾼에게서 서적을 구입하는 것이 관례였다. 그러나 이들 서적 거간꾼들 중에는 터무니없이 폭리를 취하는 이들도 적지 않았다.

당시 사대부를 비롯하여 일반인에게까지 도서는 매우 귀한 물건이었다. 도서 인출은 항상 일정한 장소와 수량에 제한되었으나, 이에 대한 수요는 많을 수밖에 없었으며, 그러다 보니 자연 도서의 매매가는 높게 형성되었다.

그러나 도서 유통은 무역을 통해서 이루어지기도 하였다. 특히 중국의 서적은 우리에게 매우 귀한 물건이었다. 따라서 사신을 수행하고 중국에 간 종사관들은 중국에서 중국 서적을 매입, 국내에 들어와서 이를 비싼 값에 팔거나 고급 관리들에게 진상하기도 하였다.

이처럼 유희춘의 『미암일기』는 조선 중기의 서적 인출 상황과 도서 유통 과정, 서적쾌, 장책장, 서사 등 영리를 목적으로 하는 서적 업무 종사자에 관한 기록과 더불어 당시 출판된 도서에 관한 자신의 비평 등이 수록되어 있는 소중한 문헌이다. 우리의 인쇄와 출판의 흐름을 파악하는 데 없어서는 안 될 자료라고 할 수 있다. 이런 자료가 하루 빨리 널리 보급되어 우리 인쇄, 출판의 사적 연구가 이루어졌으면 좋겠다. (2000)

이 가을에 읽는 『반계수록』

　이 가을에 읽은 책은 모두 10여 권이 된다. 그중의 대부분은 전공과 관련된 문학 서적이다. 문학은 언제나 인생이란 무엇인가를 깨우쳐주고, 인생이 얼마나 값진 것인가를 말해준다. 처음 읽는 책도 있지만, 두 번째, 혹은 세 번째 읽는 책도 있다.

　젊은 시절에는 무심코 읽고 넘겼던 책들이 나이 들어 새삼 다른 의미로 다가오는 것이 적지 않다. 이 경우 되새김질이란 말이 어울린다. 책은 읽는 이의 나이에 따라 서로 다른 얼굴로 다가온다.

　젊어서 읽은 책 가운데 이번에 다시 손에 쥔 유형원(1622~1673)의 『반계수록』이 내게 큰 울림을 주었다. 『반계수록』은 저자 유형원이 전남 무안의 우반동에 은거하여 18년이란 긴 세월을 바쳐 완성한 책이다. 모두 26권 13책으로 되어 있는데, 임진

왜란과 병자호란을 겪은 다음 무너져가는 조선 사회의 여러 가지 제도 개선에 관한 이론서이다. 책 이름이 '수록'으로 되어 있어서, 혹 수필처럼 마음 내키는 대로 가볍게 쓴 글이 아닌가 하는 이들이 있겠지만, 이는 단순한 느낌이나 가벼운 의견 개진 정도에 그친 책이 아니라 유형원의 온갖 혼이 배어 있는 혁명 이론서라고 보는 게 타당할 듯하다.

『반계수록』에 나타난 유형원의 개혁 의지는 대략 세 가지로 나누어볼 수 있다. 하나는 토지제도에 관한 것이고, 다른 두 가지는 신분제도와 정치제도에 관한 내용이다. 당시 조선 사회는 건국 초기에 편찬된 『경국대전』의 체재 아래 움직이는 유교 사회였다. 그런데 17세기에 접어들면서 조선 사회는 두 차례에 걸친 외침을 당하면서 국가 질서와 체재가 붕괴될 지경에 이르렀다. 이를 극복하기 위해 국가의 구성과 운영 방식을 전면적으로 재조직하여 새로운 국가상을 정립하자는 게 유형원의 주장이다.

유형원의 아버지 유흠은 북인 계열의 학자였으나 젊은 나이에 유몽인 역옥 사건에 연루되어 세상을 떠났다. 그래서 유형원은 외삼촌 이원진과 고모부 김세렴 아래에서 공부를 하였는데, 장성하여 오히려 남인들과 교유하며 고정된 학문으로부터 자유로울 수 있었다. 이것이 바로 유형원의 사상이 자유로울 수 있는 바탕이라고 말할 수 있다.

먼저, 유형원은 공전제(公田制) 도입을 주장한다. 농업 사회에서 토지는 경제력의 원천인 동시에 신분과 지위를 보전하는 수단이다. 즉 모든 법제와 사회 조직의 근간이 토지가 되는 셈이다. 그러나 조선 후기에는 이러한 토지제도가 흔들리게 되었다. 여기에서 유형원은 개인 소유의 모든 토지를 국가에서 몰수하여 백성들에게 일정 규모로 재분배하는 토지공유제를 주장한다. 물론 사대부에게는 약간의 우대를 해주는 방법을 사용하자는 내용이었다. 이로써 계층 간의 갈등이 치유되고, 공전제와 연계하여 병역제도를 운영하면 병역 기피 등도 사라지게 된다고 보았다.

다음으로는, 신분제도의 개선이다. 사 · 농 · 공 · 상이라는 개념이나 양반, 중인, 상민, 천민이라는 신분 서열은 부모로부터 세습된 제도이다. 여기에서 유형원은 과감하게 세습 노예제도의 폐지를 말하고 있다. 대신 고공제(雇工制)를 두어 대체 노동 인력을 확보하면 노예제는 자연히 없어진다고 보았다. 이는 국민 영역의 확대에 해당한다. 그리고 사농공상의 제도 역시 계급의 차원이 아닌 직능의 차원에서 본다면, 사대부의 자식도 농업이나 공업에 종사할 수 있고, 상민의 자식도 공부를 하여 사대부가 될 수 있는 길을 열어주는 것이 옳다는 주장을 펴고 있다. 신분제를 귀속성이 아닌 획득성에 두자는 것이 그의 학설이다.

끝으로, 정치제도의 개혁이다. 이 정치제도의 개혁은 요즈음의 표현으로 본다면 '작은 정부의 지향'에 해당된다. 작은 정부로 백성의 부담을 줄이는 한편, 관리들로 하여금 실무 능력을 배양시키도록 하는 것이 옳은 길이라고 보았다. 이렇게 되면 국정을 잘 운영하기 위해서는 지금껏 원칙처럼 여겨져왔던 유교의 교리에서 보듯 임금이나 위정자의 올바른 도덕성보다는 잘 정비된 법과 제도가 한층 필요한 요소라고 하였다. 예를 들어 언관들이 근무하는 사간원(司諫院)을 폐지하고 모든 관료들이 임금에게 직간할 수 있는 제도가 작은 정부를 만드는 지름길이라고 보았던 것이다.

유형원은 『반계수록』의 저술에 엄청난 노력을 기울였다. 중국과 우리나라의 법과 제도를 일일이 살펴보았으며, 자신의 이론에 대한 정당성과 설득력을 획득하기 위해 그 준거를 하나하나 제시하였다. 저자는 이 책에서 국가를 절대적인 존재로 보아 사적 소유나 개인 권력을 인정하지 않는다는 태도를 견지한다. 그리고 국민들은 자신의 직무와 신분을 엄격히 유지하여 공적인 규범 속에서 역할을 다해야 한다고 말하였다.

51년 동안 이 세상에 왔다가 18년을 이 책의 집필에 골몰하였던 유형원의 『반계수록』을 이 가을에 다시 읽으면서, 새삼 현금의 우리나라의 정치상, 사회상에 대한 생각을 해볼 수 있었다. 이것이 아마 독서의 즐거움이리라. (2006)

다산과 『목민심서』

다산 정약용은 젊은 시절 우리나라 최초의 천주교 신자인 이 벽과 친하게 지내면서 그로부터 서양 문물을 접하고 새로운 과학 지식을 받아들였고 또 천주교도 받아들인다. 그런데 얼마 지나지 않아 교리의 허망함을 느껴 천주교 신앙을 버린다. 그러나 스물여덟 살 되던 해에 다산은 서학에 가담했다는 공서파의 지탄을 받게 된다. 그들의 공격이 누그러뜨리지 않아 다산을 신임하던 정조도 어쩔 수 없이 그를 충청도 해미로 유배 보내고 만다. 그러나 정조는 열흘 만에 다산을 유배에서 풀어준다. 다산은 그해 가을 정5품인 사헌부 지평에 임명되어 임금의 제반정책을 상주하는 소임을 맡았다.

정조는 젊고 재기발랄한 다산을 측근에 두고 어려운 일이 있을 때마다 자문을 구했다. 정조는 원통하게 죽은 그의 아버지(사도세자)를 찾아 일 년에 몇 번씩 수원의 능행길을 떠나곤 했다. 이 배다리[舟橋] 설치를 다산에게 맡기자 그는 이 일을 훌륭하게 해냈다. 이어 사도세자를 기리기 위해 수원성을 쌓을 적에도 그에게 일을 맡겼다. 다산은 일꾼들이 무거운 돌을 힘겹게 지고 올리는 것을 보고 거중기를 발명하여 무거운 석재의 운반을 편하게 하였으며, 기하학적 방법으로 성의 거리, 높이 따위를 측량하여 가장 튼튼하고 단단한 성을 쌓기에 골몰했다. 이 일로 인하여 다산은 정조의 깊은 신뢰를 받는다.

다산이 서른두 살 되던 해인 1794년에는 경기도 관찰사가 농민들을 수탈하는 등 횡포가 심하다는 소문이 조정에까지 들려왔다. 이에 정조는 급히 다산을 경기도 암행어사로 임명한다. 순찰을 마치고 돌아온 다산은 관찰사의 협잡 사실을 그대로 보고했다. 이 일로 인하여 벌을 받은 관찰사 서용보는 두고두고 다산을 원수처럼 미워하게 된다. 이 일 외에도 '이계심 사건'을 비롯해 다산은 지방 행정을 쇄신하는 데 큰 몫을 한다. 정조는 다시 그에게 승지, 형조참의의 벼슬을 주어 자기 곁에 머물게 하였다.

이렇게 다산에 대한 정조의 믿음과 신념이 깊어질수록 다산에 대한 모략은 끊이지 않았다. 이 무렵 조화진이 "이가환, 정약용 등이 서학을 받들면서 역적을 모의한다."는 상변서를 올렸다. 다산은 더 이상 반대파의 모략을 견디기 어려워 가족을 거느리고 마재의 집으로 돌아왔다. 이때 당호를 '여유당'이라 지었는데 이것은 조심조심 세상을 살아가자는 뜻이다.

여름 어느 날 밤, 다산이 달을 마주하고 앉았을 적에 사립문 두드리는 소리가 났다. 임금이 보낸 심부름꾼이었다. 그가 『한서선열』이란 책을 내밀면서, "다섯 권은 집 안에 보관하시고, 다섯 권은 제목을 써서 올리라는 성상의 당부이옵니다."라고 전한다. 다산은 임금의 선물을 받고 감격의 눈물을 흘렸다. 그러나 그 보름 후 임금의 승하 소식을 듣게 된다. 마지막 선물, 이제 용은 물을 잃었고 매는 죽지가 부러진 셈이다.

다산에게 울타리가 되어주었던 남인 채제공이 죽고 특히 그를 총애하던 정조마저 세상을 뜨자 공서파에서는 "서학을 받아들였다."는 구실로 남인들을 몰아내기 시작하였다. 다산 형제들도 끌려가 모진 고문을 당했다. 가형인 정약전과 정약종이 주요 인물로 지목되었고, 다산 역시 집중적으로 심문을 받았다. 마침내 다산은 이가환과 함께 투옥되었다. 대부분의 조정 대신들은 다산만이라도 석방해야 한다고 주장하였으나 서용보가 끝내 반대하여 마침내 경상도 장기로 귀양 가게 된다.

그 후 「황사영백서」가 발각되자 다산의 친구이기도 했던 이기경 등 공서파는 이 기회에 다산을 잡아 죽이려고 하였다. 그러나 황해도에서 돌아온 정일환이 과거에 황해도에서 쌓은 다산의 공적을 들어 "그를 죽여서는 안 된다."고 적극 주장함으로써 죽음만은 면할 수 있었다. 이리하여 다산은 강진으로, 정약전은 흑산도로 유배지를 옮기게 되는데, 정약전은 유배지에서 사망하였다.

강진, 상정에서의 귀양살이는 단조롭기 짝이 없었다. 그는 그곳 주변의 선비들과 어울려 차를 마시며 담소를 즐겼고, 경세와 목민의 이론 정리에 골몰했다. 그러면서도 그는 결코 정치나 조정에 관한 말은 입 밖에 내지 않았다. 안동 김씨의 세도정치가 굳어진 조정에서 언제 그에게 엉뚱한 굴레를 씌워 사약이 내려질지 모를 상황이었기 때문이다.

한편 다산을 석방시키자는 조정의 논의는 서용보가 끝내 가로막았다. 그 후 다산의 아들 학연이 아버지의 석방을 상소하였지만 이기경 등이 반대하여 풀려나지 못했다. 마침내 김조순이 주선하고 이태순이 상소를 올림으로써 다산은 18년의 유배생활을 청산한다. 오랜만에 고향에 돌아와 보니 집은 황폐해 있었고 곱던 아내는 어느새 낯선 노파로 변해 있었다.

다산은 평생을 당파에 시달렸지만 스스로는 결코 당쟁에 빠지지 않았다. 그의 조상이 당쟁의 제물이 되지 않았음을 자랑하고, 그 아들에게도 그런 일에 가담하지 말 것을 당부했다. 그를 늘 못살게 굴던 이기경이 경원으로 유배되었을 적에 그의 동료들은 통쾌히 여겼지만, 다산은 여러 차례 이기경의 집에 찾아가 그의 가족들을 위로했다. 뿐만 아니라 이기경이 모친상을 당했을 때 다산은 가진 돈을 모두 털어 1천 냥이라는 많은 부조를 하기도 했다.

우리 역사상 최고의 학자 다산은 일흔다섯 살의 나이에 운명했다. (2010)

성장의 아픔에 관한 보고서

"새는 알을 깨고 나온다. 알은 세계다. 태어나려는 자는 세계를 파괴해야 한다."라는 구절로 잘 알려진 『데미안』은 독일의 소설가 헤르만 헤세(1877~1962)가 1919년 에밀 싱클레어라는 가명으로 출간한 소설이다. 그 이유는 헤르만 헤세가 이미 발표한 『페터 카멘친트』나 『청춘은 아름다워』 등과는 다른 스타일의 작품이었기 때문이다.

이 소설은 주인공 싱클레어의 나이 열 살 무렵에서부터 스무 살에 이르는 내적 성장을 그리고 있다. 소설의 도입부는 "나는 나의 내면에서 우러나오는 대로 살려고 애썼다. 그런데 그것이 왜 그렇게도 어려운 일이었던가."로 시작된다.

소년 싱클레어는 독실한 기독교 집안의 아들로서 세상을 '빛의 세계'와 '어둠의 세계'로 인식한다. '빛의 세계'는 집 안, 질서의 세계로서 의무와 책임, 양심과 가책, 고해, 관용과 선의, 사랑과 존경, 성경 말씀과 지혜로 인식된다. 그리고 낙원 추방 이전의 세계이기도 하다.

반면에 '어둠의 세계'는 집 밖으로 하녀와 술주정꾼들의 세계이며 혼돈의 세계이기도 하다. 귀신, 추문, 끔찍하고 알 수 없는 사건, 도살장, 감옥, 술주정꾼, 싸우는 여자, 출산하는 염소, 쓰러진 말, 강도, 살인, 자살자들의 세계로 인식되며 낙원 추방 이후의 세계이다.

싱클레어는 어둠의 세계에 속하는 동급생 크로머에게 기죽기 싫은 마음에서 사과를 훔친 적이 있다고 거짓말하는데, 이것이 싱클레어에게는 최초의 범죄인 셈이다. 그리고 그는 두렵지만 빛의 세계에 머무르고 있는 아버지보다 낫다는 생각을 하게 된다. 싱클레어는 돈을 요구하는 크로머에게 시달려 저금통을 털게 되는데, 마음속에 죽음과 같은 불안과 공포가 엄습함을 느낀다. 이미 싱클레어의 내면에서는 낙원은 추방되고 없는 것이다.

낙원에서의 추방은 신과 하나였던 인간의 죽음을 뜻하는 동시에 신으로부터 분리된 하나의 인간 탄생을 의미하기도 한다.

이때 싱클레어 앞에 어른처럼 낯설고 성숙하며, 우월하고 냉정하며, 의지에 가득 찬 상급생 데미안이 등장한다. 싱클레어가 보기엔 데미안은 육체적 강건함과 정신적 성숙함을 갖춘 완벽

한 초인이다. 그는 싱클레어를 뱀 같은 크로머에게서 해방시켜 주는 인도자 역할을 한다.

그러면서 데미안은 싱클레어에게 이 세계를 '빛의 세계'와 '어둠의 세계'로 나누어 선한 쪽만을 인정하려는 것은 잘못이라고 지적하면서, 세상은 선이며 부성적인 것, 아름다운 것, 이상적인 것 이외의 것으로도 만들어져 있음을 지적해준다. 여기에서 싱클레어는 이러한 대립이 자신의 문제뿐만이 아닌 모두의 문제라는 걸 자각하게 된다.

학교를 졸업한 후 데미안과 이별하고 낯선 도시의 김나지움에 다니게 된 싱클레어는 '야위고 무뚝뚝하며 고집스러운 청년'으로 변화한다. 불량한 친구들과 술집을 출입하면서 영웅이자 독설가처럼 행동한다. 방탕한 생활에 따른 빚을 지게 되고 학교마저 퇴학당할 위기에 놓인다.

이 무렵 싱클레어는 '현명한 소년의 얼굴을 한' 베아트리체를 만나 그녀를 숭배하면서 다시 '빛의 세계'에 대한 갈망을 가지게 된다.

싱클레어는 새의 그림을 태워 먹는 꿈을 꾼다. 자신의 속에서 새가 살아 다시 자신을 먹는 꿈이었다. 싱클레어는 꿈속에서 본 새의 그림을 데미안에게 보낸다. 데미안은 "새는 알을 깨고 나온다. 알은 세계다. 태어나려는 자는 세계를 파괴해야 한다. 새는 신에게로 날아간다. 그 신의 이름은 아브락사스이다."라는 답장을 보내온다. 아브락사스는 신적인 것과 악마적인 것을 결합시키는 상징적인 신으로, 헤세가 생각하는 구세주인 인류의 어머니이다.

헤세는 한때 조로아스터교와 프로이트에 심취한 바 있는데, 이때 이원론적 체계에 관심을 갖는다. 빛, 선, 정신, 숭고의 기독교 체계보다 빛과 어둠, 선과 악, 정신과 육체, 숭고와 욕망을 동시에 인정하는 이원론을 통해 인류의 구원이 가능하다는 생각을 하게 된다. .

싱클레어는 종교와 신화에 박식한 오르간 연주자 피스토리우스를 만난다. 그는 피스토리우스의 "아브락사스는 인간 내면에 있으며, 그에 대한 예배는 선과 악, 정신과 본능, 성과 추가 공존하는 내면을 직시하고 그에 대한 충실함에 있다."라는 설명을 듣고는 비로소 자신에 대한 용기와 신념을 가지게 되어 자살 직전의 크나우어를 구출하기도 한다.

싱클레어의 다섯 번째 꿈은 알을 깬 새가 하늘을 날아다니는 것이었고, 여섯 번째 꿈에 나타난 어머니의 반은 여자, 반은 남자로서 성적인 동시에 정신적 존재인데, 이는 어머니가 바로 인류의 이상적 존재임을 나타낸 꿈이다.

싱클레어는 데미안의 어머니 에바 부인을 만나게 된다. 에바 부인은 모성의 인자한 표정과 부성의 엄격한 표정을 동시에 지닌 인물이었다. 열정적인가 하면 냉정적이었는데 이는 조로아

스터교의 구세주인 완전한 인간을 표상하는 것이다. 에바 부인을 만남으로써 싱클레어는 '최초의 완성감'을 맛본다.

우리는 덧없고, 형성 도중이며, 가능성이다. 완벽하거나 완성된 존재가 아니다. 이를 노력할 때 이를 자기실현이라고 부른다. 또한 신이 우리를 절망으로 이끄는 것은 우리를 죽이려는 것이 아니라, 우리에게 새로운 생명을 불러일으키기 위해서이다.

세계 제2차대전 당시 독일군의 배낭에 한 권씩 들어 있었다는 헤르만 헤세의 소설 『데미안』은 내적 성장을 위한 고통에 몸부림치는 우리 젊은이들이 꼭 읽어야 될 청춘의 보고서이다. (2007)

소설 『난쏘공』의 교훈

　작가 조세희가 쓴 『난장이가 쏘아 올린 작은 공』이 처음 발표된 지 어느새 28년이라는 세월이 흘렀다. 당시 서른다섯 살의 패기만만하던 작가는 이 작품을 문학과지성사에 보냈는데, 편집위원의 한 사람이었던 평론가 김현은 이 작품을 보고 8천 부 정도 나가지 않을까 생각했다고 한다. 8천 부면 당시로선 대략 3쇄 정도에 해당하는 수량일 것이다. 그러나 이 소설은 해가 거듭되어도 독자들의 사랑을 꾸준하게 받아왔고, 마침내 며칠 전에 2백 쇄를 돌파하면서 총 판매 부수 80만 부를 기록하게 된 것이다. 이 정도라면 국내 출판계에서 초유의 일이라고 아니할 수 없다. 또 30년 가까운 세월이 흘러가도 독자들의 관심을 받아온 스테디셀러의 첫 자리에 놓일 수 있지 않을까 여겨지기도 한다.

　물론 현대에 와서 이 『난장이가 쏘아 올린 작은 공』보다 더욱 많은 판매 부수를 기록한 베스트셀러가 없었던 것은 아니다. 1970년대 최인호의 『별들의 고향』은 신문 연재 시절부터 독자들의 뜨거운 호응을 받더니, 단행본으로 출판이 되고도 단기간 내에 베스트셀러의 반열에 오른 작품이다. 그 당시 인세를 받아 서울 강남에 2층집을 구입했다고 하니, 그 판매량을 미루어 짐작할 수 있다. 또 1980년대 초에는 김홍신의 『인간시장』이 100만 부를 초과하는 판매량을 보였다.

1960년대 이후 우리 사회는 경제 최우선의 국가 정책을 펴 왔고, 그것은 1970년대에 와서 한층 박차가 더해졌다. 산업화는 우리나라 경제를 발전시켰지만, 그 그늘에서 살아가는 사람들의 고통은 발전에 반비례하여 더욱 커질 수밖에 없었다. 많은 농민들은 어려운 농촌을 버리고 도시로 몰려나왔고, 공장 노동자로 뼈가 빠지도록 노동에 시달려야 했다. 또 도심의 개발로 인해 집을 잃은 채 광주 대단지로, 봉천동, 신림동 지역으로 밀려나가야 했다. 이러한 시대 상황을 그린 소설이 바로 『난장이가 쏘아 올린 작은 공』이다. 오죽하면 억압받고 쪼들리어 아버지는 난장이가 될 수밖에 없었을까. 이 작품은 산업화 시대에서 소외받는 도시 빈민의 이야기를 대표한다. 『난장이가 쏘아 올린 작은 공』은 지금도 우리들이 읽고 감동을 받는 소설이다. 특히 대학입학 수능시험에 최인훈의 『광장』과 함께 가장 많이 출제된 작품이다.

그런데 이 작품이 처음 발표된 지 28년이 흘렀음에도 불구하고 새로이 쇄를 거듭한다는 것은 무엇을 의미할까? 쇄가 거듭된다는 것은 아직도 이 소설의 독자가 존재한다는 뜻이 된다. 그것은 이 소설이 발표될 당시의 시대 상황이나 현재의 시대 상황이 전혀 변하지 않았다는 것을 말하고 있는 것이다. 물론 전태일이 분사하고, YH 노동자 사건이 일어나고, 많은 이들이 노동운동을 전개하여 우리 노동자들의 형편이 나아지고, 당시에 비하면 우리 국민소득이 1인당 2만 불에 가까운 시대이다 보니, 국민 전체의 삶의 질이 향상된 것은 사실이다.

그러나 우리나라에서 여의도 63빌딩의 높이가 가장 높으면 그 그림자 역시 가장 길 것은 물론이다. 우리 경제 규모가 커지고 대다수 국민이 잘살게 되었다 하더라도 농촌이나 도시 빈민의 삶은 전혀 나아지지 않고 있음이 외면할 수 없는 현실이다. 옛날에는 함께 못살았기 때문에 이웃 사이의 정이라도 있었다. 그러나 요즘엔 잘사는 이와 못사는 이의 간극은 더욱 커졌다. 그러다 보니 상대적 빈곤감은 한층 커지고 말았다.

한 작품이 명작으로 평가받으면서 긴 세월 동안 독자의 사랑을 받는다는 사실은 참으로 기분 좋은 일이다. 그러나 오늘날에도 『난장이가 쏘아 올린 작은 공』을 찾는 독자가 적지 않다는 사실은 28년이 지난 후에도 우리의 어려운 이웃이 있다는 것을 말해주는 것 같아 마음이 쓸쓸하다. (2008)

『요코 이야기』는 왜곡소설이다

재미 일본인 작가인 요코 가와시마 와킨스가 1986년에 출간한 자전적 실화소설 『요코 이야기』는 13년 전부터 미국의 중학생들이 꼭 읽어야 될 교재로 채택되었다고 한다. 그런데 이 책이 요즘 미국 한인 교포 사회에서 큰 이슈로 등장한 모양이다.

우리나라에서도 2005년에 문학동네에서 번역, 출판되었다. 이 책은 함경북도 청진에 살고 있던 한 일본 소녀가 1945년 일본이 태평양전쟁에서 패전한 후에 겪은 체험담이라고 한다. 패전 후 일본으로 돌아가는 과정에서 조선인들에게 테러를 당하는 등 패전국 국민으로서 고통을 당하는 내용이다.

이는 일본인 소녀의 눈으로 본 해방 전후의 한국과 패망 후의 일본을 무대로 하고 있다. 저자가 해방 후 한국 땅에서 몸소 겪었던 신화를 바탕으로 하여 생에 대한 강한 열정과 용기로 갖은 고생 끝에 한국에서 일본의 고향으로 돌아가기까지 죽음의 길을 헤쳐 나갔던 한 소녀와 가족의 가슴 아픈 역정이 줄거리의 대강이다. 한마디로 일본인의 한국 탈출기라고 말할 수 있다.

해방 직전 청진 부근인 나남에 살고 있던 요코는 태평양전쟁의 패전 조짐이 뚜렷해지자 오빠만 남겨둔 채 어머니, 언니와 함께 피난길에 오른다. 고위 관리의 딸로 태어나 응석받이로 자라 생전 고생이라고는 모르던 요코는 일본인에 대한 한국인의 무차별적인 테러, 폭격으로 인한 부상의 고통, 심한 굶주림을 겪으면서 전쟁의 참상과 인간성 말살의 현장과 마주하게 된다. 천신만고 끝에 돌아온 일본의 사정은 더욱 처참했다. 폭격으로 부서진 도시와 굶주림은 그런대로 참을 만했지만 피난민에 대한 냉대는 견딜 수가 없었다. 그러나 요코는 온갖 어려운 상황을 이겨내고 남을 배려할 줄 아는 아이로 성장하면서 생명의 존엄성과 사랑을 깨닫게 된다.

이상의 줄거리만 살펴본다면, 이 소설은 사랑과 평화를 전달하려는 메시지를 담고 있다고 보아야 한다. 그리고 미국 중학생들의 교재로서도 부족함이 없어 보인다. 그런데 여기에 문제점이 있다. 이 소설을 읽는 미국 학생들은 '한국인 = 가해자, 일본인 = 피해자'라는 인식을 가질 염려가 있다는 점이다. 이 소설은 왜 일본인들이 한국에 와서 살아야 했던가 하는 역사적 배경을 잘 모르는 미국 청소년들에게 그릇된 역사 인식을 심어줄 요소를 가지고 있다.

　일본인은 쫓겨 가는 피해자가 아니라 36년의 식민지 시대 이 땅의 절대 강자로서 가해자였다. 그 강자들이 한때 고난을 당했다고 해서 그 비극만 강조되어서는 안 된다. 특히 "조선 남자들 여러 명이 숲으로 여자들을 끌고 가 강간했어요."와 같은 선정적이고 폭력적인 대목에 접한 미국 청소년들이 어떤 표정을 지을까 궁금해진다. 한일 양국의 역사에 대해 아무런 사전 지식이 없는 그들이 일본 패전 직후 한반도에서 일어난 비극을 어떻게 받아들일는지 알 수 없다. 그들은 분명 한국인들은 잔학하고 비겁한 가해자이며, 일본인은 선의의 피해자라고 여길 수 있다. 더욱이 요즘 한국 사회가 떠벌이고 있는 반미 구호와 더불어 미국과 일본의 필요 이상의 밀착 상태가 걱정스러운 세상에 더욱 그런 걱정을 갖게 된다.

　1933년에 일본에서 출생한 요코는 일본 정부 고위 관리였던 아버지를 따라 조선의 함경북도 나남에 거주했다. 종전 후 다시 일본으로 건너간 요코는 교토에서 중·고교를 거쳐 교토대 영문과에 진학하였고 졸업 후 미군 기지 통역관으로 일하다가 미국인 남편을 만나 미국으로 이주했다. 1994년에는 『우리 오빠, 언니 그리고 나』를 출간했는데 이 책은 『요코 이야기』의 속편이라고 말할 수 있다.

　소설 『요코 이야기』에는 역사의 왜곡 부분이 적지 않다. 작가는 이 책이 역사적 사실이라고 주장하지만, 왜곡된 사실이 적지 않다. 더욱이 작가의 아버지는 생체 실험으로 유명한 제731부대에서 근무한 것으로 알려졌다. 이 책을 국내 출판한 출판사 측은 "전쟁이라는 상황이 개인의 삶을 어떻게 무참하게 파괴되는가에 초점을 맞춘 작품"으로 "가공된 체험이 바탕이 되었을 뿐 역사적 사실은 아니다."라고 말한다.

미국 한인 사회에서 벌이는 이 책에 대한 거부 운동은 당연하다. 학부모와 학생들이 거센 항의와 등교 거부 움직임을 보이면서 많은 중·고교에서 이 책을 교재에서 제외하기 시작했는데, 매사추세츠주 가톨릭메모리얼중고교와 프렌드십 아카데미, 아일랜드의 모세브라운중고교 등이 앞장을 서고 있다.

미국 교포들의 올바른 역사 인식에 마음으로 동참하면서, 지금껏 우리를 괴롭히는 일제 식민지 시대 잔재가 하루 빨리 사라지기를 빌어본다. (2007)

문학의 진정성

　'진정성'이란 용어가 이 시대의 화두로 등장한 지도 제법 오래되었다. 따라서 이 시대의 많은 지식인 사이에 '진정성'이라는 말이 자주 쓰인다. 지식인들이 자주 사용해서 다소는 멋스럽게 느껴지기는 하지만, 이는 그만큼 현대가 진정성이 절실히 요구되는 시대임을 반증하기도 한다. 그러다 보니 문학에서도 '진정성의 문학'이라는 용어가 쓰이기도 한다. 이 역시 우리 시대의 문학에 얼마나 진정성이 부족한가 하는 반성에서 나온 것이라 말할 수 있다.

　진정성이 부족한 시대라고 인식되는 이 시대에 과연 진정성의 문학이란 무엇인가? 중국 고전 『예기(禮記)』에 "정은 진실되어야 하고, 수사는 공교로워야 한다. 시는 시인의 진정은 물론이고 표현에서도 진실을 귀하게 여긴다."라는 구절이 나온다.

문학은 한 사람의 영혼이 다른 사람의 영혼과 교감하는 충만한 정신적 회로이다. 영혼의 진정성을 개인이 스스로에게 진실한 삶을 살려는 도덕적 삶의 태도라고 본다면, 진정성의 문학이란 내밀한 자신의 목소리에 접근할 수 있는 문학이라고 정의 내릴 수 있다. 어떤 작가가 자기의 내면세계와 다른 목소리로 작품을 생산했다면 그 작품은 진정성이 결여된 작품일 것이고 문학이 갖추어야 할 항구성도 담아낼 수가 없을 것이다. 그것은 작품에 진정성이 없으면 결코 좋은 작품으로서의 생명력을 얻을 수 없기 때문이다. 문학에 있어서 진정성이란 무엇을 뜻하는 것인가 라는 물음은 왜 문학을 하는가라는 물음과도 맞닿아 있다. 시인 릴케도 "쓰지 않으면 죽는가? 그렇다면 쓰라."고 말한 바 있다. 죽음과 맞닿아 있는 절실함, 그것이 문학에 있어서의 진정성이 아닌가 한다.

문학의 특성 가운데는 항구성이 있다. 문학의 항구성은 많은 세월이 흘러가도 잊히거나 사라지지 않는 것을 뜻한다. 한용운, 이육사, 윤동주, 이상화를 가리켜 우리는 일제강점기의 대표적인 저항시인이라 부른다. 그들의 시는 일제 식민지로부터 해방된 지 70년에 가까운 세월이 지나도 좋은 시로 남아 있다. 이들의 공통점은 식민지 지식인으로서 일제에 대한 저항정신이 표출된 시를 썼다는 것이다. 그들의 시가 높이 평가되는 까닭은 식민지 통치에 대한 참을 수 없는 절박함, 해방에 대한 열망의 진정성이 작품의 바탕에 깔려 있기 때문이다. 이 시대는 다시금 문학의 진정성에 대한 논의를 하지 않으면 안 될 만큼 시가 대거 양산되는 현상을 보이고 있고 시인의 수효 또한 엄청나게 늘어나고 있다. 물론 작품이 대량생산되는 현실 자체는 문제가 되지 않는다 하더라도 진정성이 결여된 작품의 양산은 사회적으로나 문학적으로나 아무런 의미가 없는 일임은 자각할 필요가 있다. 마치 먹을 수 없는 음식을 만드는 것에 비유할 수 있을 것이다. 이러한 현실은 문학에 있어서의 진정성 문제를 다시금 생각하게 한다. 문학작품은 작가의 내면세계가 언어로 표현된 결과물이다. 그러니까 문학작품은 곧 그 사람이라는 등식이 성립된다. 그러나 가끔 사람과 문학이 일치하지 않는 경우가 있다. 만약에 우리가 인격적으로 믿을 수 없는 사람의 시 가운데 좋은 시가 있다면, 그것은 그 시가 좋은 시가 못 되거나 아니면 좋은 시가 아닌 시를 우리가 좋은 시로 착각하기 때문일 것이다. 어떤 작가가 자기의 내면과 다른 작품을 생산했다면, 그 작가는 거짓을 이야기한다고 말할 수 있을 것이다. 만약 어느 작가가 자신의 내면세계와는 다른 내용의 작품을 생산했다면 그 작품은 진정성이 결여된 작품일 것이고 문학이 갖추어야 할 항구성도 담아낼 수가 없을 것이다.

그러한 작품은 작품과 유사하나 진정한 작품의 수준에는 이르지 못한 것이라고 단언할 수 있다. 진정성이 없으면 작품으로서의 생명력을 얻을 수 없기 때문이다. 문학에 있어서의 진정성은 문학 활동에서 가장 우뚝한 자리에 놓인다. 문예사조는 시대에 따라 변한다. 그러나 문학의 진정성은 문예사조가 아무리 바뀌어도 변하지 않는 것이다. 그러므로 문학의 진정성은 모든 문예사조에, 모든 장르에 우선하는 개념으로 자리매김할 수 있을 것이다. 요즈음 많은 문학지들을 통해 신인으로 배출되는 문인들을 바라보면서 자신의 진정이 담긴 문학, 즉 진정성의 문학을 창작하기를 바라는 마음 간절하다. (2014)

문학작품을 읽읍시다

문학할 인재들이 영상산업 쪽으로 다 빠져나간다고 걱정하는 글을 신문에서 읽은 적이 있다. 정보산업이 발달하면서 젊은 이들이 종이책보다는 인터넷, 영상매체 등에 더 익숙해지고 문학과는 점점 거리가 멀어진다는 것이다. 그걸 피부로 느낄 수 있는 것이 지하철 안이다. 매일 지하철을 이용하면서 사람들이 어떤 책을 읽는지 살펴보면 알 수 있다. 몇 년 전까지만 해도 시나, 소설 등을 읽는 것을 간간이 볼 수 있었는데 요즈음 사람들이 읽고 있는 책을 보면 대부분 재태크나 처세술에 관련된 실용서이다.

오래전 일이다. 『25시』의 작가 게오르규가 한국을 찾아와 '시인의 사명'이라는 제목으로 한 강연 중에 "잠수함이 바다 밑으로 들어갈 때는 토끼를 가지고 들어간다. 왜냐하면 토끼가 수압에 가장 민감하기 때문이다. 사람이 못 견딜 수압이 되면 토끼가 먼저 소리를 지른다." 라는 내용이 있었다.

당시는 유신 정권 아래로서, 시인 김지하가 사형 선고를 받고 투옥되어 있을 때였다. 게오르규의 말은 정치적 억압 등 사람이 살 수 없는 지경이 되면 못 살겠다고 가장 먼저 소리를 지르는 사람이 시인이라는 얘기다. 다시 말하자면 비인간적 상황이 닥치면 문학가들이 가장 민감하게 반응하고 대응한다는 소리도 된다. 문학의 비판 정신과 관련한 글에서 어떤 시인은 "우리는 지키는 자이기도 하지만 고치는 자이기도 하다. 다시 말하면 꿈은 고치는 자의 역할이다. 현실을 좀더 나은 상태로 고친다는 것이 꿈을 꾸는 것이다."라고 말한 적이 있다.

우리는 어두운 시절 등을 거치면서 '참여문학'이라는 것을 접해왔다. 보통의 국민, 대중들이 알지 못하고 있거나, 알면서도 분개하지 못하고 있는 시대의 부조리와 불합리에 문학이 나서서 대신 목소리를 내어주는 큰 역할을 해왔다. 끊임없이 생각하고 되짚어보는 문학의 과정은 눈에 보이는 것뿐 아니라 그 이면을 볼 수 있는 비평, 비판의 눈을 갖게 한다.

우리 개인은 자라온 환경과 체험의 영역이 한정되어 있다. 그러나 세상을 살아나가다 보면 여러 난관에 부딪치고 수많은 새로운 상황과 맞닥뜨리게 된다. 소설 속에는 수많은 사람들의 다양한 삶들이 등장한다. 이런 다양한 삶들을 통해서 판단의 평

형과 정서를 흔들리지 않게 잡아주는 교양의 정신을 키울 수 있다. 사람이 폭력을 행사할 때는 자기 속의 정서적 안정이 균형을 잃고 파괴되어버린 때라고 한다.

소설가는 자신의 체험을 바탕으로 자신에게 결핍된 것을 채워가는 경우가 많다. 결핍의 본질은 결국 충만하고자 하는 마음, 곧 충만의 본질인 것이다. 작가나 시인들은 보통 사람들보다 충만에 대한 그리움이 간절한 사람이다. 자기가 부자유하다고 느끼는 사람은 자유를 그리워하는 것이고, 자기가 사랑 때문에 상처받았다고 느끼는 이들은 상처 없는 사랑을 구하게 마련이다. 작가나 독자 모두 문학을 통해서 태생적으로 채울 수 없고 가질 수 없는 것들에 대하여 위로받고 그 공백을 채워나가는 것이다.

여기까지 기술한 것들이 큰 범주에서 문학의 교훈적 기능에 속했다면 문학작품을 읽는 또 하나의 이유는 문학의 오락적 기능으로서 소설작품을 읽으면서 갖는 재미와 감동을 들 수 있다. 평론가 최재서에 의하면 흔히 우리가 말하는 문학의 쾌락은 관능적 쾌락, 미적 쾌락, 지적 쾌락의 세 가지 유형으로 나뉜다. 문학은 독자에게 즐거움을 주고 감동을 주는 가운데 간접적으로 인생을 진리를 가르치는 것이다.

문학작품을 읽는다는 것은 단순히 실용 도서 등을 읽는 것과는 또 다른 차원의 이야기이다. 문학작품은 우리에게 재미와 감동을 주는 것은 물론이거니와 지나온 시대와 역사를 새롭게 조명해보게 하며 그것을 통해 비평·비판 정신을 고취시킬 수 있게 해준다. 동시에 작품 속 다양한 간접 체험들을 통해 교양의 정신을 배워나갈 수 있다. 문학이야말로 우리 불안전한 인간들이 한층 더 성숙한 인격체로 발전할 수 있는 기본 걸음이 되는 것이다. (2009)

위기의 문학

문학의 본질은 미적 탐구에 있다고 한다. 또한 문학은 오랜 기간 가장 매력적인 오락의 수단이었다. 독자들은 작품을 통해 새로운 세계에 접할 수 있었고, 일상의 무료함을 달랠 수도 있었다. 반면에 대(對) 사회적인 역할이나 교육적 임무에 무게를 두어 말하는 이들도 있다. 그러나 문학의 본질이 어디에 있든 현재를 문학의 위기 시대로 규정하는 데에 많은 이들이 고개를 끄덕인다. 과연 현대 우리의 문학은 위기를 맞고 있는가.

문학의 위기가 닥쳤다면, 가장 먼저 생각해볼 일은 최근에 발생한 우리 문학의 양적인 팽창이라고 할 수 있다. 현재 국내의 문예지가 3백여 종이 넘고, 문인 숫자도 1만 명이 훌쩍 넘는다. 한 달 동안에 생산되는 작품의 양만 따져도 실로 엄청나다. 이를 다 읽어낸다는 일 자체는 거의 불가능하다. 그 엄청난 작품들을 비평가나 연구자들이 읽고 작품성을 가려내야 하는데 그마저도 쉬운 작업이 아니다. 문학이 위기에서 벗어나기 위한 지름길은 문학을 정말 문학으로 읽어주는 독자가 많아야 한다. 지금 문학의 생산자가 필요 이상으로 많다. 그리고 또 다른 문제는 출판계가 워낙 불황이라는 점이다. 상당한 긍지를 가지고 문학작품을 출판해오면서 거기에 보람을 느끼던 상당수 출판사들이 이제는 너무 극심한 불황 속에서 자꾸 상업적으로 빠지려 드는 상황이 큰 문제 가운데 하나이다.

두 번째로는 급격한 영상매체의 보급을 손꼽을 수 있다. 지금 한국 사회는 정보사회로 진입하였다. 사이버문학, 통신문학이 대거 출현하면서 참여창작이라는 이름으로 수많은 독자들이 작가로 변신하고 있다. 이젠 기존의 독자층이 바로 작가가 된 셈이다. 또한 많은 독자들이 문학작품을 읽기보다는 인터넷에 빠져 있고, 사이버 세계와 거의 유사한 텔레비전에 많은 독자를 빼앗기고 있는 실정이다. 문인 숫자가 대거 늘어난 사실에 반비례하여 독자는 엄청나게 줄었다. 독자의 대다수를 텔레비전이나 영상매체에 빼앗겨버렸다. 이런 현상만 보더라도 현대는 문학의 위기라고 해도 과언이 아니다. 이런 현상 속에서 문학의 위기라는 것은 결국 지금까지 너무 경직되었던 이른바 순수문학과 대중문학이라는 그러한 경계가 허물어지는 과정을 너무 한쪽으로 치우친 안목으로 보는 것이 그 이유이기도 하다.

세 번째, 문학의 위기를 맞은 결정적인 원인은 우리 문학에 세계성이 부족하다는 점이다. 문학이 한 시대를 말하는 데 한정되는 것이 아니라면, 그것을 넘어서는 보편성을 갖추어야 된다. 어떤 소설이 사회적인 이슈를 가지고 지성과 감성의 융합을 이루거나 철학성을 지닌 작품이 창작되어 세계적인 수준에서 경쟁력을 갖춘다면 과연 독자들은 이 작품마저 외면할 것인가. 그렇지 않을 것이다. 단지 그런 작품이 쓰이지 않은 현실을 반성해야 한다.

끝으로, 정보산업 발달에 따른 활자문화의 위축에 주목해야 한다. 요즘 지하철과 버스에서 문학서적을 읽는 사람은 거의 없다. 사람들은 휴대폰을 꺼내들고 문자 메시지를 주고받거나 인터넷을 검색한다. 또 휴대폰으로 게임을 하고, 이어폰을 통해 음악을 듣는다. 문학은 이제 우리의 관심권에서 멀어지고 말았다. 영상매체는 시각과 청각을 통해서 인지된다. 이러한 지각은 순간적이다. 즉 완성된 형태와 색채와 음향을 감각하기만 하면 된다. 사고력이나 상상력이나 창의력 등의 고등 정신 기능이 필요치 않다. 상징적 부호 체계인 문자를 통해 상황을 지각하기 위해서 경험의 재구성 과정을 거쳐야 하는 사고력과 응용 능력, 상상력의 발동과 창의력의 동원 등의 과정은 거의 생략되고 만다. 이러한 영상 세대들에게 사색을 요하는 독서는 비능률이요 고통일 수밖에 없다. 상업적 대중 정보는 지금껏 문학 소비자로 남아 있는 세대에게 접근해 비문학을 문학으로 오인하도록 만들었다. 그러다 보니 문학 아닌 것이 그 자리를 차지하고 정작 문학은 설 자리를 잃게 되었다. 또 문학을 인도하는 이들이 없다. 이 일은 문예지 편집자, 출판사 종사자들, 문학평론가들이 해야 한다. 문예지 편집자라면 감식안을 가지고 좋은 작품을 엄선하고, 좋은 시인을 발굴하고 관리해야 하는데, 대부분 친분 중심으로 작품을 청탁한다. 그리고 주류 문단에서 소외된 지방 문인이나, 이름 없는 문인을 발굴해서 평가하는 그런 작업을 피하려 든다.

　오랫동안 문학은 지성과 예술의 중심에 서 있었다. 문화적 소양은 인문학적 교양의 중심이라는 대접을 받았고, 지성과 인격의 척도로 여겨지기도 했다. 그런가 하면 문학은 사회 변혁의 견인차 역할을 하기도 하였다. 좋은 문학작품은 시대를 이끌어나가는 문화적 충격이었다. 그런 만큼 작가는 그 시대의 최고 지성으로 추앙받았다. 예전에는 문인이라고 하면 상당히 위엄이 있고 권위도 있었는데, 요즘 문인은 그렇게 대접을 못 받는 시대이니, 이 역시 문학의 위기를 방증하는 것은 아닐까. 20세기 초 우리나라가 위기와 격동의 시기에 놓여 있을 때 춘원과 육당, 벽초는 훌륭한 작품으로써 민족의 추앙을 받던 당시 지성인의 대표적 모델이었다. 그러나 이제 우리에게서 그들은 멀어졌다. 과연 앞으로 이들처럼 국민과 독자의 사랑을 받는 작가와 시인의 출현은 요원할 것인가. (2013)

통일과 비평문학

우리의 근대문학에서 본격적인 리얼리즘이 대두된 것은 1925년 카프의 출범을 그 기저로 하고 있다. 카프는 사회주의적 리얼리즘 이론으로 무장하여 민족문학을 표방하는 국민문학파와 대립하였다. 그러나 카프는 일제의 탄압으로 10년 만에 해산되었고, 임화, 김남천, 이기영, 한설야 등 사회주의 문학 세력은 잠복에 들어갔다.

1945년 을유 해방 이후 좌우익 문학의 대립은 심각한 상황에 놓이게 되는데, 카프 세력 주도의 좌익 문학단체는 홍명희 아래로 집결하였고, 박종화, 조연현, 김동리 등이 우익 문학단체 주도하고 있었다.

그러나 당초 공산주의에 대해 별다른 제재를 가하지 않던 미군정은 조선정판사 사건 이후 좌익을 탄압하기 시작했다. 그러자 홍명희, 홍기문, 이태준, 한설야, 이기영, 임화, 김남천, 박영호, 이선희, 지하연 등 150여 명의 문인들이 대거 월북하였다. 이 가운데 1988년에 미해금자 다섯 명을 제외하고는 대부분의 작가들이 해금되었다. 홍명희, 이기영, 한설야 등의 작품은 그 후에도 읽거나 출판을 할 수 없도록 조처되었다.

이와 같은 북측의 문학작품은 우리 문학에 포함되지 못했고, 잊어진 작품일 수밖에 없었다. 그러나 2000년의 김대중과 김정일의 남북 정상회담 이후 정치적, 사회적, 문화적 교류가 활발해지더니 마침내 2005년 광복 60주년을 맞아 문화 교류가 한층 빈번해졌다. 남북 언어학자들이 남북 공동으로 국어사전 편찬을 협의하는가 하면, 홍명희의 손자 홍석중이 지은 『황진이』가 창비에서 출판되고 대한민국의 문학상을 수상하였다. 한편 백두산에서 개최된 2백 명 남북 문인들의 모임으로 남북 문학 교류가 본격화되었다고 볼 수 있다.

문학비평가의 역할은 작품의 문학성 평가, 문학사의 올바른 정립, 독서의 가이드로서의 임무, 작가에 대한 격려와 자극을 주는 것이다.

마르크스 문학이론을 살펴보면 사회적 현실은 하나의 결정적 형태를 가진다. 이 형태는 역사 속에서 발견되는 것이고, 역사는 적대적 계급 사이나 그들이 종사하고 있는 경제적 생산 유형 사이에서 벌어지는 일련의 투쟁이다. 그리고 문학은 그 투쟁을 기록하는 것으로 파악한다.

마르크스주의 비평 이론가인 루카치에 의하면 문학은 사회를 반영하는 것이 아니라 현실의 모순을 인식하는 존재이다. 또한 골드만은 문학작품은 사회적 집단의 생산품이라고 보았다. 심지어 마슈레는 문학은 생산노동이며 작가는 창조자가 아니라고 하고 문학은 기존의 언어, 이데올로기, 관습이라는 원료를 가지고 만들어내는 완제품에 불과하다고 말하기도 하였다.

북한 문학에 대해서 북한의 평론가 강흥수는 그의 평론집 『시대와 문학』(문예출판사, 1991)에서 "이데올로기적 체제의 구조적 성격을 기초로 하여 원칙적으로 사회주의 리얼리즘문학을 지향하는 것"이라고 정의하고 있지만, 그 이면에는 김일성 주체사상 선전의 도구로서의 문학이 도사리고 있다. 비평 활동 역시 세습적 주체사상을 실현하는 수단이라는 전제가 깔려 있다.

이처럼 남북 문학의 괴리는 심각하다. 무엇보다 이질성을 회복하지 못한다면 통일 후에도 조화를 이루는 데 문제에 직면할 수밖에 없다. 우선 남한의 문학은 작품의 형식이나 주제에 구애없이 문학성만을 평가하는 데 반해 북한의 문학은 교조적 신념과 이데올로기에 오염되어 있기 때문이다. 그러나 북한 문학에도 변화의 조짐이 있는 것도 사실이다. 그 예로 홍석중의 『황진이』에 나타난 비교적 진한 애정 표현 등이 그러하다.

이런 면을 감안하여 통일 후 우리 문학의 전망을 살피면 다음과 같이 요약할 수 있다. 먼저, 북한 문학을 우리 문학의 일부로 수용하는 일이다. 이는 북한 문학의 이질성을 인정하는 데서 비롯된다. 다음으로는 북한 문학에 대한 다양한 방법의 해석 시도할 필요가 있다. 그 해석 방법으로는 역사주의, 형식주의, 구조주의 등 여러 가지 잣대를 동원해야 한다. 그리고 남북이 공동으로 민족의 정체성 찾기 운동을 전개할 필요가 있으며, 무엇보다 순수 문학성의 모색이 필요하다. 그렇지만 가장 중요한 것은 통일 전이라도 활발한 문학 교류가 무엇보다 우선되어야 한다는 점을 간과해서는 안 된다. (2008)

문화의 올바른 소개

서울 송파구 방이동에 있는 친구의 사무실을 찾기 위해 자동차를 가지고 성내역이 있는 뒷길을 이용하여, 잠실고교 앞에서 우회전을 시도하였다. 이 일대는 잠실시영아파트가 서 있던 곳으로서, 지금은 재건축을 위해 건물을 모두 허물고 기초를 다지고 있다. 공사 현장은 담이 높아서 그 모습은 잘 보이지 않았지만 분주히 오가는 레미콘 차와 기계 소리는 새로운 아파트를 짓기 위해 열심히 일을 하는 모습을 상상하기에 충분했다. 도로와 건설 현장 사이에는 높은 담이 빙 둘러 쳐져 있었는데, 여기에는 갖가지 그림과 문양 등이 그려져 있어, 환경 개선을 위한 노력이 돋보이는 듯했다.

H건설이 공사를 담당한 구역의 담에는 이순신 장군과 안중근 의사, 김구 선생 등의 얼굴과 함께 그분들이 지은 시들이 씌

어 있었다. 그런데 운전 중이었지만 이순신 장군의 한시 제목에 오류가 있음을 발견할 수 있었다. 그 한시는 임진왜란 와중에 이순신 장군이 지은 '진중음(陣中吟)'이라는 오언체(五言體)의 한시로서 의주로 몽진(蒙塵)에 오른 임금(宣祖)을 생각하고, 난리의 비극을 읊은 작품이다. 그런데 이 시의 한자 제목이 '陣中吟'이 아니라 '陳中吟'이라고 표기되어 있었다. '陣中吟'의 뜻은 "진중에서 시를 읊다"의 뜻인데, '陳中吟'의 뜻은 새기기가 매우 곤란하다. 조금만 관심이 있는 이라면 누구나 알 수 있는 오기임에 틀림없다.

친구의 사무실에 들러 송파구청 민원실에 전화를 하여 "이건 틀림없는 오기이니 고쳐주면 좋겠다. 더욱이 고교 정문 앞에 잘 못된 제목의 시가 있다는 건 문제가 아닐 수 없다."라고 말했다. 그러자 담당 공무원은 "알아보고 처리하겠다."면서 친절하게 답변을 해주었다.

한 시간이 채 흐르지 않아 민원 담당자에게서 전화가 왔다. 그런데 이게 웬일인가. 인터넷을 검색하고 백과사전을 찾아보니 그 한시의 제목은 '陳中吟'이 확실하다는 것이었다. 잠깐이지만 혼란이 왔다. 그렇게 된다면 시의 제목이 도저히 해석되지 않을 텐데 하는 생각에 "나도 다시 확인하겠노라."고 전화를 끊었다. '혹시 명나라 수군 제독 진린(陳璘)의 진에서 시를 읊다'라는 뜻인지도 모르겠다는 생각이 언뜻 들기도 하였지만 속으로는 강하게 부정하고 싶었다.

그러고 나서 역시 한 시간이 지난 뒤쯤 다시 송파구에서 전화가 왔다. 송파구 문화재전문위원인 김선원 선생에게 물었더니, '陳中吟'이 아니라 '陣中吟'이 맞다는 답변을 보내왔단다. 김선원 선생은 한학자로 KBS 제1TV에서 일요일 11시에 방영하는 〈TV쇼 진품명품〉이라는 프로그램에 출연하여 한시와 한적 감정을 담당하는 분이다. 그분이 맞다고 했으니, 오늘이라도 당장 고치겠다는 최종 답변을 들었다. 그러면서 고등학생들이 '陣中吟'을 잘 알지 못할 테니 한글로 고치겠다고 한다.

대민 자세의 변화를 보여 주는 듯하여 마음이 매우 흐뭇했다. 그러나 그 흐뭇했던 마음은 며칠 뒤에 부서지고 말았다. '陣中吟'을 한글로 고친다더니 '진중음'이라고 표기를 하고 만 것이다. 그 시를 읽는 이 중에서 한글로 된 '진중음'이 무슨 뜻인지 아는 이가 과연 몇이나 될까? 틀렸으면 틀린 대로 '陣中吟'으로 두는 것이 차라리 낫지 않았을는지 모르겠다. 개선이 아니라 개악이 된 셈이다. 그리고 개악의 이면에는 공무원들의 안일한 근무 태도가 보이는 것 같아 마음이 아주 고약했다.

지방자치제도가 활성화되면서, 많은 지역에서 문화 행사를 벌인다. 그리고 문화재에 대한 소개도 활발하다. 유형문화재에는 반드시 안내판을 세워 관람객들이 쉽게 이해할 수 있도록 배려한다. 그런데 그 안내판을 보다 보면 너무 많은 잘못이 있음을 알 수 있다. 한글 맞춤법과 띄어쓰기는 고사하고, 잘못된 한자 표기가 수두룩하다. 그 밖에 역사적 사실마저도 잘못 기재된 것도 적지 않다. 물론 일반인이 보기에 크게 불편하지 않을는지는 모르지만 자라나는 2세에게 이러한 잘못은 자칫 잘못된 교육의 하나로 이어진다. 심지어 국립박물관 소장품 안내 팸플릿도 틀린 곳이 한둘이 아니라고 한다.

우리는 스스로를 문화의 나라라고 자처한다. 우리가 진정 문화를 사랑하고 아끼는 민족이라면 이런 작은 문화유산 안내 표지판에도 신경을 써야 한다. 그것이 우리 자신과 우리 후대를 위한 보이지 않는 교육의 효과를 높이는 길이다. 우리 문화는 올바르게 소개되어야 한다. (2005)

말의 생명력

언어는 인간만이 지니고 있는 의사소통 수단이다. 동물학자
들에 의하면 침팬지도 나름대로의 소리로 몇 가지 의사소통을
하고 있지만, 그것은 정확하게 음절로 나누어지지 않는다. 따라
서 인간만이 음절을 지닌 언어로써 의사를 소통하는 존재라고
할 수 있다.

그러나 언어는 처음부터 인간의 의사소통 수단은 아니었다.
여러 가지 의사 표현의 단계를 거쳐 먼저 말이 생겨나고 뒤를
이어 문자가 생겨났다. 우리 민족의 경우에도 중국의 한자를
빌려 기록을 하다가, 조선의 세종조에 와서 비로소 우리의 문
자인 한글이 창제되어 오늘에 이르러서도 우리가 우리의 의사
를 표현하는 데 전혀 불편함을 느끼지 않고 있다. 전 세계를 통
해 보면 말은 있되 이를 기록할 문자가 없는 민족이 매우 많다.

사실 미국만 하더라도 영어를 가져와 사용하고 있고, 가까운 일본 역시 한자의 부수를 본떠 자신의 문자로 사용한다. 그만큼 민족 고유의 언어를 지닌다는 것은 참으로 값진 것이라 아니할 수 없다.

역사에서 보면 자신의 문자를 갖지 못한 민족은 대개 쇠퇴하거나 멸망하였다는 사실을 알 수 있다. 그것은 자신의 문화를 기록하고 이를 후대에 넘겨줄 방법을 찾지 못한 때문이다.

우리 한글은 창제 당시부터 많은 수난을 겪어왔다. 한글이나 훈민정음 대신 '반절'이나 '암클'이란 명칭으로 불릴 때도 있었고, 연산군 시대에 이르러서는 모진 핍박을 받기도 했다. 그러나 한글은 가사문학이나 시조 등을 통해 꾸준히 민족의 사랑을 받았으며, 그 사용의 계층도 임금에서부터 부녀자에게까지 나날이 확대되었다.

외세의 침략이 한창이던 개화기에는 한글 사랑이 곧 나라 사랑임을 깨달은 몇몇의 선각자들이 문법을 정리하고 바른 표기법을 정립하기에 온갖 노력을 기울였으며, 마침내 1933년 한글 맞춤법이 제정되었지만, 일제 말기에는 악랄하기 그지없는 핍박을 받기도 하였다.

그러나 정작 한글의 잘못됨은 그 이후에 더욱 심각한 양상으로 나타난다. 일어의 잔재가 남아 있는 가운데, 영어가 또 밀려들어와 우리말을 오염시키기 시작하였다. 외국어를 잘하는 것이 지식인이라는 잘못된 관념은 우리말과 외국어가 혼재된 국적 불명의 한글을 만들어낸 것이다.

언어는 단순한 표현 기교에 머무르지 않는다. 그 속에는 사상이 들어 있고, 문화가 담겨 있으며, 사용자의 개성이 숨어 있다. 언어란 바로 그것을 구사하는 이의 혼이 배어 있는 존재란 뜻이다. 잘못 쓰이는 말과 글, 비어와 속어로 점철된 말과 글은 사용자의 인격을 의심받을 수 있게 한다. 그런가 하면 고급의 말과 글은 상대로 하여금 절로 존경의 마음을 일게 만든다.

그럼에도 불구하고, 요즘의 젊은이들은 언어를 단순한 의사소통 수단으로만 여긴다. 그것은 그들이 주고받는 이메일이나, 휴대전화의 문자 메시지에서 확인할 수 있다. 기성세대들이 보면 도저히 알 수 없는 언어들이 쓰인다. 처음에는 "어솨요." 등과 같은 약어를 주로 사용하더니, 요즈음엔 문자를 새로이 만들어 쓰기도 한다. 예를 들어 "여헿"과 같은 글자는 도저히 이해되지 않는 것이다. 한글 표기 체계에도 맞지 않을뿐더러 그 뜻마저 알 수 없다. 이런 희한한 형태의 글자들을 보면서, 정말 나 자신이 희한한 시대에 살고 있음을 실감한다. 단순히 의사소통 수단에 머문다면, 언어는 단지 하나의 기호에 지나지 않는다. 그건 곧 그림문자나 쐐기문자 수준이다.

서울 소재 몇 대학에서 앞으로 교양과목으로 글쓰기 과목을 강화하리란 기사를 신문에서 보았다. 전자매체에 익숙해진 젊은이들은 자신의 의사 표현을 제대로 할 리가 없다. 이력서 한 장, 자기소개서 한 장도 작성하지 못한다고 한다. 그런 형편에 자기의 의견이나 학설, 사상 등을 어찌 짜임새 있는 글로 표현할 수 있을 것인가. 글쓰기란 결코 쉬운 것이 아니다. 언어의 의미도 제대로 파악해야 하고, 수사학과 같은 문장 기술도 익혀야 좋은 글을 쓸 수 있다. 그리고 좋은 글을 쓰기 위해서는 많이 읽고, 많이 생각하고 많이 써보아야 한다는 사실을 깨달아야 할 필요가 있다.

모든 것이 빠르게 변화하는 시대일수록 자신을 표현하는 글쓰기의 기술은 절대 필요하다는 것을 알아야 한다. 그러기 위해선 무엇보다 먼저 우리말과 글을 사랑하고, 이를 아끼고 더욱 아름다운 것으로 만들어 우리 후손에게 물려주어야 할 사명이 우리에게 있음을 자각해야 한다. 말은 생명을 지닌 존재이다.
(2001)

문화산업을 활성화시켜야

요즈음 일본을 비롯한 대만, 홍콩, 베트남 등 여러 나라에서는 소위 한류(韓流) 열풍이 대단하다고 한다. 보아, 비 등의 한국 가수들의 인기가 하늘에 치솟고, 〈겨울연가〉 〈대장금〉과 같은 한국 TV 드라마가 역시 대단한 열기를 몰고 있다고 한다. 심지어는 이집트에서도 〈대장금〉에 대한 관심이 크다고 하니 한국 문화의 열풍이 과연 뜨겁다고 하겠다.

이러한 한류의 뜨거움이 어제오늘에 시작된 것이 아니라 몇 년이 지나도 열기가 식지 않은 걸 보면, 그 기세가 대단하다고 할 수밖에는 없다. 이런 한류 열풍은 한국에 대한 큰 관심으로 이어지고 한국 문화에 대한 인식을 넓히게 되었다는 의미에서 우리에겐 매우 바람직한 현상으로 여겨진다.

물론 현대에 와서 대중문화와 본격문화의 경계는 허물어졌다고 보는 것이 정설이다. 그렇지만 외국의 한류 열풍은 너무 대중문화에만 치우친 감이 없지 않다. 이러한 대중문화 위주의 한류 열풍은 자칫 반작용을 부를 수 있다. 왜냐하면 대중문화란 한때의 유행과 같은 것이어서 국내에서도 그 생명력이 길지 않은 경우가 많기 때문이다. 한 예로 이웃 일본에서는 한류와 더불어 혐한(嫌韓)의 기운이 만만치 않은 듯하다. 이것이 대중문화 위주의 한류에 대한 반작용이 될 수 있다.

우리의 문화를 대표하는 것은 대중문화만이 아니다. 진정한 한국의 참모습을 외국에 알리기 위해서는 본격문화에 대한 대외 홍보가 선행되어야 한다. 한류 열풍이 이웃 나라를 휩쓸고 있는 이때, 그 한류 열기가 식지 않고 지속적으로 이어나갈 수 있도록 우리 모두가 노력할 필요가 있다. 그러기 위해서는 우리의 진정한 문화를 이웃 나라에 알릴 수 있는 문화산업을 활성화시켜야 한다.

문화산업이란 용어는 1982년 유네스코에서 『문화산업론』이라는 책을 펴내면서 개념이 정립되었다. 현대 산업사회는 교육 수준의 상승, 여가의 증대, 경제적 부유화에 따른 고도의 대중 소비를 전제로 형성되었다. 이러한 자본주의 소비 문명은 필연적으로 조금은 덜 철학적이고 덜 도덕적인 대중문화를 확산시키는 데 기여하게 된다.

문화산업은 문화상품의 창출과 직접 관련을 맺는다. 문화상품 분야에는 도서나 그림 등과 같은 유형적인 것과 공연, 음악, 춤과 같은 무형적인 것이 있다. 1986년 유네스코에서는 문화산업을 인쇄 문화, 문학, 음악, 시각 예술, 영화 및 사진, 라디오, TV 등으로 나누었다. 즉 문화산업의 범주는 각각 소프트웨어, 펌웨어, 하드웨어를 생산하는 분야와 문화상품을 배급하는 분야 등으로 나누어진다.

21세기의 문화산업은 이처럼 복합적인 성격을 지니고 있고, 또 현재진행형이기 때문에 제대로 된 분류 방식을 찾기란 매우 어렵다. 이에 대해 문화콘텐츠진흥원은 대체로 역사 · 설화 등 시나리오 소재 개발, 음악 · 건축 · 무용 · 복식 등 시각 소재 개발, 관혼상제 · 세시풍속 · 민속놀이 등 전통문화 소재 개발 분야로 분류하고 있다.

문화산업의 출발은 기획에서 비롯된다. 좋은 기획은 정확한 미래를 예측하여야 한다는 전제가 따른다. 다음은 "성공할 수 있다."라는 상품성 판단이 필요하다. 셋째로는 참신한 아이디어가 뒷받침되어야 함을 잊어서는 안 된다. 이러한 과정에는 훈련된 전문가 집단의 참여가 필수적이다.

새천년을 선도하는 산업이 바로 문화산업이다. 우리만이 가지고 있는 지적 재산의 부가가치를 만드는 산업이 바로 문화산업이다. 문화산업은 상품 이미지 제고에만 머무르는 것이 아니라 국가 이미지 제고에도 큰 도움이 된다.

우리는 유구한 역사를 자랑하는 민족이며, 고유의 문화를 가지고 있다. 이는 과거와 현재를 막론하고 우리나라를 대표할 수 있는 많은 자산을 지니고 있음을 말한다. 이러한 문화 자산을 체계적으로 발굴하고 정리하여 이를 후대뿐만 아니라 외국에도 널리 알릴 필요가 있다. 그것만이 치열한 경쟁 시대를 이겨나가는 민족의 역량이 된다.

한류 열풍을 보면서, 그 열풍이 단기간에 끝나는 찻잔 속의 태풍이 아니라 우리에 대한 이웃 나라 사람들의 진정한 문화적 이해와 친밀감으로 이어지기를 기대해본다.(2006)

이성과 감성

고대 그리스의 철학자 아리스토텔레스는 "인간은 이성적 동물"이라고 말하였다. 동물이 오직 본능적으로 행동하는 데 반해, 인간은 단순히 본능적 반응에 따른 행동만이 아니라 의무의식에서 행동한다. 이는 인간의 행위가 어떤 이성적인 힘에 의한다는 것을 의미한다. 여기에서 이성이란 일반적으로 들어서 아는 감각적 능력과 구분되는 사물의 개념에 의한 사유 능력을 말하는 것이다.

인간은 감각적 능력과 이성적 능력을 동시에 가지고 있다. 그래서 인간은 감각적 능력 이외에 이성적 명령에 따르는 행위를 하기 때문에 이성적 동물이라고 불리어진다. 철학자 칸트는 이와 같은 이성의 활동을 학문적으로 규정하여 '실천이성'이라고 이름 붙였다. 이것은 "네가 마땅히 해야 할 일이므로 행할 수 있다."라는 말로써 설명된다.

사물에 대한 우리의 인식은 감성에 의한 인식과 이성에 의한 인식으로 나누어질 수 있다. 감성은 신체적 감각에 관계한 전 충동에서 발발하는 자연적 욕구를 말한다. 철학에서는 감성이 이성에 비해서 하위 개념으로 쓰이지만, 이성이 신적이라면 감성은 인간적이라고 할 수 있다.

우리 인간에게는 이처럼 감성의 측면과 이성의 측면이 있다. 이것은 우리의 일상적인 행동뿐만 아니라 사고 활동에 그대로 반영된다. 이성적 사고가 철학적, 역사적 요소, 사회적 요소를 위주로 한 사고의 방법이라면, 감성적 사고는 미학적, 회화적, 개인적 요소를 위주로 한 사고의 방법이라고 말할 수 있다. 그리고 이 두 가지 사고의 방법은 문학이 존재하는 한 서로 대립이 아닌 보완의 관계로 남을 것이다.

행동이나 사고뿐만 아니라 모든 예술 행위는 예술가의 이성과 감성의 소산이다. 그러나 작가에 따라서는 유달리 뛰어난 감성의 소유자가 있는가 하면, 차분하게 이성을 앞세워 창작에 임하는 이들도 있다. 이는 소설뿐만 아니라 시와 수필 등 장르에 구분이 있을 수 없다.

요사이 영국의 여류 작가 오스틴의 소설이 새삼 독자들의 관심을 끌고 있다. 『오만과 편견』이라는 오스틴의 소설이 영화로 만들어져 관객의 인기를 얻게 되자 소설도 덩달아 찾는 이가 많아진 탓이다. 오스틴은 사랑 이야기를 극화하고 주인공의 심리를 그리는 데 있어 뛰어난 솜씨를 보이는 작가이다. 그녀의 소설로서 국내에 소개된 것으로는 『오만과 편견』 이외에 『이성과 감성』이라는 작품도 있다. 뒤늦게나마 대중매체인 영화로 인해 원작을 찾는 이들이 많아진 사실은 문학인의 한 사람으로서 매우 기쁜 일이다. 원작에는 아우라(aura)라고 하는 영기(靈氣)가 있다. 원작에서 느끼는 신비스러운 힘을 말한다. 어찌 되었건 영화를 통해 원작에 접근하는 것도 좋은 일이다.

2006년 4월 25일 독도 문제와 관련하여 대통령께서 강경한 어조로 국토 수호를 다짐했다. 국민의 한 사람으로서 "당연한 말씀"에 적극 지지를 보낸다. 그러나 일본 정부는 이 성명을 '국내용' 또는 '선거용'이라고 폄하하며 시큰둥한 반응을 보낸다.

필자는 여기에서 외교의 성과에 대해서 시비를 가리거나, 정책의 옳고 그름을 가릴 의도는 없다. 외교에도 이성의 외교와 감성의 외교가 있다고 본다. 그런 의미에서 본다면, 이번 대통령의 대일본 외교 선언이 이성보다는 감성에 치우치지 않았나 하는 우려를 감출 수 없다. 2, 3년 전이나 지금이나 일본의 태도는 전혀 변한 것이 없다. 오히려 더 나쁜 방향으로 흘러간다.

그런데 우리는 얻은 게 아무것도 없다. 독도에 관한 한, 일본은 우리보다 한층 치밀하고 계획적인 정책을 펴고 있음이 분명하다. 그들은 결코 흥분하지 않은 태도로 우리를 대하고 있다.

한쪽은 감성 위주로 또 한쪽은 이성 위주로 마주한다면, 그 외교의 성과는 이미 불 보듯 뻔하다.

아무리 일본이 얄밉고 믿지 못할 이웃이라 하더라도, 우리 영토가 분명한 독도 문제에 관한 일이라면 저들보다 더욱 이성적인 태도로 무엇이 이익인가를 찾아내야 한다. 이럴 때일수록 한결 차분한 자세가 필요하다는 생각이 든다. (2006)

국제PEN대회와 바벨탑

2005년 6월 13일은 매우 긴 하루였다. 오후 2시 우리 한국 PEN 회원 일행을 태운 비행기가 인천 국제공항을 출발한 후 12시간 20분을 날아서 지구 반대편에 있는 독일 프랑크푸르트 공항에 도착한 것이 오후 6시 20분이었다. 다시 1시간 20분을 날아 비로소 슬로베니아 류블랴냐 공항에 내릴 수 있었다. 이 시각이 오후 9시 40분, 7시간의 시차를 따져보면 우리 시각으로 14일 새벽 4시 40분이다. 이날 하루 우리 일행에게는 24시간이 아니라 31시간이 주어진 셈이다. 다시 블레드로 이동하여 리브노 호텔에 여장을 풀었다. 리브노 호텔엔 우리 일행보다 이틀 앞서 출발한 한국PEN의 문효치 이사장과 김귀희 사무처장이 우리를 기다리고 있었다.

금년도 제71차 국제PEN세계대회는 슬로베니아공화국의 블레드에서 개최되었다. 슬로베니아라는 나라는 우리나라의 1/10 정도의 면적인데, 인구는 2백만이 채 되지 않는다고 한다. 그만큼 분위기가 쾌적한 삼림국가였다. 슬로베니아는 2차대전 후 소련의 연방이었던 유고슬라비아 연방에 자유화의 바람이 불면서 크로아티아, 보스니아, 세르비아, 마케도니아 등으로 분할될 무렵인 1992년에 독립된 신생국이지만, 이미 6세기경에 남슬라브민족에 의한 독립국이 세워졌던 긴 역사를 지니고 있다.

블레드는 빙하의 침식 작용으로 만들어진 블레드 호반의 작은 도시로서 1천여 년 전에 형성되었다고 한다. 유고슬라비아 연방 시절에는 티토 대통령을 비롯하여 많은 공산국가 원수들이 이곳에서 휴양을 하고 돌아갔다는 쾌적한 환경을 자랑하는 곳이다. 블레드 호수의 한편에는 블레드 성이 우뚝 서서 블레드 시가지와 블레드 호수를 내려다보고 있는, 그야말로 그림엽서에 나올 듯한 아름다움이 돋보이는 곳이다.

6월 14일은 모처럼 부슬비가 뿌리는 날이었다. 안토니크 블레드 시장 주관의 웰컴 파티가 오후 8시 블레드 성에서 열렸다. 가늘게 뿌리는 비, 그리고 은은한 조명 아래에서 세계 각국의 문인들이 함께 어울려 정겨운 악수를 나누며 자기소개와 함께 환담을 나누었다. 여러 명이 식탁 의자에 앉기도 하고, 혹은 서너 명씩 서서 이야기를 나누는 자유로운 분위기의 파티는 밤늦도록 이어졌다.

다음날 골프 호텔에서 PEN대회가 공식 개막되었다. 가장 먼저 40년 전 이곳에서 열렸던 PEN대회의 기록영화가 상영되었는데, 우리나라 작가로는 평론가 백철 씨, 소설가 한무숙 씨, 강신재 씨 등이 참가한 모습과 극작가 아서 밀러, 시인 네루다 등의 모습도 영상에 보이고 있었다.

이번 국제PEN대회의 토의 주제는 "바벨탑－은총인가 저주인가"와 "문화 전망의 보호와 문학" 등 모두 세 가지이다. 누구나 아는 것처럼 첫 번째 토의 주제에 나오는 바벨탑은 구약성경 창세기에 나오는 탑의 이름이다. 바벨론에 살던 노아의 자손들은 홍수를 겪은 뒤, 다시는 수재를 당하지 않기 위해 하늘에 닿을 듯한 바벨탑을 쌓기 시작하였다. 그러나 하나님의 노여움을 사서 서로의 말을 알아듣지 못하게 되고 바벨탑 공사가 중단되었다고 한다. 민족마다 또 나라마다 언어가 다른 것은 여기에서 연유한다고 성경은 가르친다. 그래서 '바벨탑'이란 말은 실현 가능성이 없는 계획을 비유하는 말로 사용된다. 오늘날 전 세계의 언어는 모두 3천여 종이 넘는다고 전해진다. 물론 그 가운데 문자가 없는 언어가 대부분이다.

국제PEN은 세계 각국의 문학인들이 모여 보편적인 문학의 가치를 찾는 한편 서로의 관심사를 논의하는 단체이다. 그러다 보니 다른 나라의 문학에 대한 이해가 필수적인데, 여기에서 문제로 등장하는 것이 바로 언어의 소통이다. 우리나라 문학이 세계적인 위상을 찾지 못하는 것도 외국어로 번역된 작품이 적은 탓이라고 말한다. 그래서 이번 PEN대회에서는 이 문제를 토의 주제 중 하나로 잡은 듯하다.

언어는 도구이다. 그러나 단순한 도구에 그치는 것이 아니라 정신을 담는 그릇이다. 언어가 존재함으로써 우리는 문화를 전승시킬 수 있고, 아름다움을 표현할 수 있으며, 사상을 전파하기도 한다. 그러다 보니 우리 민족의 언어는 우리 고유의 사상을 담게 마련이다. 바로 한글이 우리의 정신세계를 표현하는 귀중한 존재인 셈이다. 언어가 없는 민족은 죽은 민족이다. 일제강점기에 일본은 우리말을 사용하지 못하도록 강제했다. 이는 바로 우리 얼을 빼앗자는 획책이었다.

우리 문학이 세계로 널리 알려지지 못한 이유가 바로 영어나 불어 등의 외국어로 번역되지 못한 데 있다고 흔히 말한다. 그래서 우리의 문학작품이 외국으로부터 제대로 평가를 받을 수 없기 때문이라고 한다. 맞는 말이다. 우리 작품이 미국이나 유럽의 언어로 번역되어 그 우수함이 잘 알려진다면, 우리도 노벨문학상 수상에 한 걸음 다가설 수 있음은 물론이다.

이런 면을 생각한다면 바벨탑의 붕괴는 분명 하나님이 인간에게 내린 저주임이 분명하다. 세계 모든 나라와 민족이 현재 가장 힘 있는 국가들이 사용하는 영어만을 쓴다면 세계적으로 언어 소통의 불편함은 사라지고 말 것이다. 그러나 민족의 언어는 민족의 정서와 사상을 반영한다. 우리 한글이 가지고 있는 형용사의 세밀함을 어찌 구미 언어가 따라올 것인가. 또 한글이 가지고 있는 존칭의 다양성을 어느 외국어로 나타낼 수 있을 것인가. 각 민족의 언어는 그 민족의 문학 창작에 가장 알맞은 언어라는 사실을 부인할 이는 아무도 없을 것이다.

노벨문학상 수상이 꼭 그 작품의 우수함을 나타내는 것은 아닐 것이다. 이웃 나라 일본이 노벨문학상 수상 작가를 세 명이나 배출했다고 해서 우리가 조급히 굴 이유는 없다는 생각이 든다. 또 너나 할 것 없이 자신의 작품이 영어나 불어, 스페인어로 번역되기를 바라는 조바심도 버려야 될 줄 안다. 우리 문학은 우리 한글로 표현되었을 때 비로소 그 가치를 인정받을 수 있기 때문이다. 아무리 우수한 번역가가 문학작품을 번역했다 하여도 그 속의 우리 정신과 정서는 반감되고 만다.

이번 국제PEN대회에서, 바벨탑의 붕괴가 오히려 하나님의 은총임을 깨닫게 된 것이 나 개인의 소중한 수확이었다면 수확이라는 생각이 들기도 하였다.

21일까지 개최되는 PEN대회의 정대표인 문효치 이사장과 발제자인 허대통 시인 등 몇몇 대표들을 슬로베니아에 남겨둔 채 블레드 섬과 보히니야 호수, 포스토니야 동굴 등을 구경한 후 류블라냐 공항을 뒤로하고 우리 회원 일행이 다음 목적지인 부다페스트행 비행기에 몸을 실은 것은 15일 늦은 저녁이었다.

(2005)

잡지의 날을 맞아

11월 1일은 잡지의 날이다. 육당 최남선이 창간한 잡지 『소년』 제1호의 발간일 1908년 11월 1일을 기념하여 잡지의 날을 제정한 것이다. 그만큼 『소년』의 창간은 우리 근대 잡지사에 커다란 영향을 끼쳤다. 『소년』은 모두 23호가 발간되었는데, 어린이를 위한 잡지였다. 당시 기울어가는 국운을 한탄하면서 나라와 민족의 장래가 자라나는 청소년 세대에 있음을 알고, 이들을 깨우치고 교육하기 위한 잡지였다. 이후로 육당은 계속하여 『아이들 보이』 『붉은 저고리』 『청춘』 등 모두 7종의 잡지와 『시대일보』와 같은 신문을 창간하여, 계몽기의 민족 지도자를 양성하기 위해 온 힘을 쏟았다. 그래서 그는 『소년』 창간호의 권두시 「해에게서 소년에게」를 통해 청소년에게 바다처럼 넓고 큰 이상을 가지도록 주문했다.

육당은 1904년 열다섯이라는 어린 나이에 황실 유학생으로 일본에 유학하여, 일본을 통해 들어온 새로운 서양 문물을 익히고 돌아왔다. 1906년 다시 일본에 건너간 육당은 와세다대학 고등사범부 역사지리학과에 재학하게 되는데, 모의국회 사건으로 말미암아 퇴학 처분을 맞았다. 진작부터 출판사 설립의 꿈을 키우던 그는 이참에 부친에게 거금을 지원받아서 인쇄기계를 구입하고 활자도 주문한 다음 귀국하여 신문관이라는 출판사를 설립했다. 이것이 1907년의 일이다. 열여덟 살의 나이에 출판사를 설립하여 2세 교육을 주창한 육당의 야심도 대단하지만, 그런 아들을 믿고 현재 돈 200억 원이라는 어마어마한 거금을 두말없이 아들에게 내어준 아버지 역시 대단한 인물이었다.

우리나라 잡지의 역사는 전적으로 육당으로부터 비롯된다. 신문관은 이렇게 청소년 잡지를 지속적으로 발간하는 한편 1913년 '육전소설'을 간행하여 시중에 팔았다. 최초의 문고본이었다. 당시만 해도 '구활자본' 고소설이 판을 치고 있었다. 육당은 새로운 활자를 사용하여 인쇄한 『심청전』『흥부전』『홍길동전』 등 8종의 고전소설을 발간하였는데, 변형 46판에 50쪽 내외의 이 책들의 정가는 단지 '6전'에 불과했다. 당시의 '딱지본' 소설의 정가가 보통 40전 정도였음을 감안한다면, 파격적인 값이라고 아니할 수 없다.

이전에 육당은 '십전총서'를 발간하기도 하였는데, 그 대표적인 책으로는 스위프트의 『걸리버 유람기』, 율곡 이이의 『신수 격몽요결』 등이다. 이 책들은 조금 큰 46판형에 50쪽 정도의 두께 였지만 정가는 역시 10전이었다. '십전총서'로는 소설류, 교훈류, 격언류, 우화류, 수학류, 전화류(傳話流), 지리류 등 '백과의 학문'을 수록 발간하고자 했다. 이 참신한 기획의 '십전총서'는 일제가 법령 제9호로 제정한 출판법이라는 덫에서 헤어나지 못한 채 무산되고 말았다.

지금처럼 우리 출판계가 어려운 때는 없다. 계속되는 경제의 불황으로 말미암아 도서의 판매가 격감하고 있다. 그러다 보니 새로운 기획의 출판 계획은 이미 실종되고 없는 셈이다. 한때 잘 나가던 전집류의 역사소설이나 여류 작가들의 소설마저도 출판 기회를 얻지 못한다. 이런 출판사의 출판 기피 현상은 자연히 인쇄 업계의 불황으로 이어지게 마련이다. 일반 기업체의 홍보물도 제작 부수를 줄이거나 아예 중단된 상태이다.

출판과 인쇄는 한 사회의 문화를 가늠할 수 있는 척도이다. 출판은 도서 제작을 통하여 독자에게 문화를 전달하는 메커니즘을 지니고 있다. 출판업의 위축은 자연히 문화의 위축을 가져온다. 한 시대의 건강한 발전은 그 시대가 안고 있는 문화의 활성화에서 비롯된다. 그런 의미에서 본다면 지금의 우리 사회는 문화가 실종되었다고 말할 수 있다. 다만 정치적인 논리만이 전부인 양 사회가 시끄럽다. 과연 언제쯤 우리는 문화를 논하며,

우리의 정신적인 풍요를 꿈꾸어볼 수 있을까?

잡지의 날을 맞아, 그 어려운 격동의 시기에 출판을 통해 바른 미래를 설계하던 육당 최남선이 새삼 생각나는 이유는 어려운 시대일수록 문화의 중요성이 절실하기 때문이다. (2004)

'아름다운 책' 전시회

　자유로를 자동차로 글자 그대로 자유롭게 달리다 보면 출판 문화단지가 나오고, 오두산 못 미친 지점에서 오른쪽으로 길을 갈아타면 파주군 탄현면 법흥리에 이르게 된다. 바로 이곳에 헤이리 예술마을이 위치하고 있다. 15만 평 야산에 자리한 예술마을에 매년 '헤이리 페스티벌'이 신명난 잔치마당을 펼치고 있다. 지금도 현역으로 활동하고 있는 아나운서 황인용 씨를 비롯하여 소설가 윤후명 씨 등 내노라 하는 국내 예술가들이 한데 모여 예술인마을을 조성하고 특색 있는 주택 공간을 마련하여 그저 돌아다니는 것만으로도 주택 전시관을 둘러보는 격이 된다. 그리고 이곳에는 박물관, 화랑, 작업실, 북하우스, 카페 등 개성 넘치는 문화 공간이 우리를 즐겁게 한다.

　이곳에서 11일부터 헤이리 페스티벌이 열린다. 황인용 씨는 개인이 소장한 LP판 1만 장을 감상할 수 있는 기회를 제공하고, 소설가 윤후명 씨는 자신의 후원에 소재한 만묘루에서 문학강연을 열 계획이다.

이처럼 다양한 헤이리 페스티벌 가운데에서 출판인의 관심을 끌 수 있는 전시회가 개최된다. 한길사 김언호 사장이 세운 북 하우스에서 한 달간 열리는 '두 출판인의 책 탐험전'이 그것이다. 두 출판인이란 한길사 김언호 사장과 열화당 이기웅 사장을 일컫는다. 이기웅 씨는 파주출판문화단지 개설에 누구보다 앞장서서 열의를 보인 분이다.

김언호 씨와 이기웅 씨는 해외여행을 다녀올 때마다 '아름다운 책'을 수집해왔다. 아름다운 책은 장정이 아름답다든지, 또는 편집이 잘되었나를 기준으로 삼았다. 한편 삽화가 어떤지, 또는 활자체는 어떠한지를 꼼꼼하게 살펴보았다. 이번 전시회는 두 출판인의 오랜 꿈이 맺은 결실이다. 두 출판인은 1994년 영국의 유명한 고서 마을인 헤이온와이를 함께 다녀온 뒤부터 "멋지고 진기한 책을 모아 국내에 책 마을을 만들자."라고 뜻을 한데 모았고, 마침내 이번에 '아름다운 책 전시회'를 열게 된 것이다.

이번 전시회에는 모두 75종의 책이 독자에게 선보인다. 1769년에 베네치아에서 발간된 그레고리안 성가집 『그라두알 로마눔』을 비롯하여 『보들레르 시집』, 볼테르의 『캉디드』 그리고 단

테의 『신곡』 등이다. 특히 '신곡'에는 유명한 보티첼리의 삽화가 곁들여져 있어 더욱 책의 가치를 높인다.

또한, 영국의 출판가 윌리엄 모리스가 설립한 켐스콧공방에서 제작한 『황금전설』 『윌리엄 모리스 전집』이 전시되어 있는가 하면, 19세기의 유명한 아방가르드 계간지 『사보이』도 함께 전시된다. 『사보이』는 화가 비어즐리의 삽화가 돋보이는 잡지이다.

이번 '아름다운 책'에 전시된 도서들은 모두 공통점을 지니고 있다. 그것은 책이 단순히 '읽는 것'에서 지나 '소장할 가치'가 있는 것이라는 점이다. 내용뿐만 아니라 장정, 삽화, 활자 등 형식 면에서도 아름다움을 추구한 것이라는 성격이 드러난다.

글이 필자를 고스란히 드러낸 것이라면, 완성된 도서는 편집자의 모든 것이 적나라하게 드러낸 작품이다. 그만큼 옛사람들은 문화의 전달매체라는 입장에서 책을 만들었고, 그것을 아름답고 오랫동안 보존하기 위해서 많은 노력을 기울여 왔다. 그만큼 아름다운 책에는 만든 이의 혼이 담겨 있기 마련이다. 책은 인류의 문화유산이라는 당시 출판인의 태도를 어렵사리 엿볼 수 있게 만든다.

그런데 지금의 우리 출판계의 현상은 어떤가. 표지화도 적당히 컴퓨터 그래픽을 이용하여 만드는가 하면 제자도 컴퓨터 문자판을 이용하는 경우가 많다. 제본도 기능적인 면만 고려한다.

한마디로 출판을 쉽게 생각하는 경향이 없지 않다.

그런 면에서, '아름다운 책' 전시회는 책을 적당히, 쉽게 만들고 있는 우리의 현실을 되돌아보고 반성하게 만든다. (2004)

종이책이 위태롭다

　근자에 들어와 전자책, 전자신문들이 등장하면서 "이제 종이책의 시대는 지나갔다."라고 이야기하는 분들이 많다. 전자책과 전자신문은 컴퓨터 보급이 늘어나고 인터넷 망이 광범위하게 확산됨으로써 우리 사회를 편리하게 해줄 뿐만 아니라 매우 빠른 속도로 정보를 우리에게 전달한다는 장점을 가지고 있다. 그래서 '오마이뉴스'와 같은 인터넷 신문이 생겨나고, 황석영, 공지영 등 이 시대의 유수 작가들이 인터넷상에 소설을 올리기도 한다. 그러다 보니 상대적으로 종이책의 출판은 나날이 줄어들고, 덩달아 출판사와 인쇄 업체들이 죽겠다고 아우성이다.

　나도 내년 여름이면 학교를 퇴직한다. 그런데 문제가 생겼다. 필자의 전공이 현대문학이다 보니 자연스레 많은 문학서적을 소장하게 되었다. 소설, 시집, 문학 이론서 이외에도 각종 문학잡지 등을 합치면 그 양이 적지 않다. 거기에다가 역사와 철학 등 교양 분야에도 평소 관심이 있다 보니 그 방면의 책도 더러 섞여 있다. 그 가운데는 증정받은 도서들이 적지 않지만, 개인 돈으로 산 것이 대부분이다. 학교 연구실뿐만 아니라 집에도 책이 켜켜이 쌓여 있다. 이제 이것의 처리가 매우 곤란해진 것이다. 심지어 아내까지 이 책들을 집으로 가지고 오는 데 반대한다. 얼마 전까지만 해도 이런 책들은 대학 도서관에 기증을 하면 되었다. 그러나 대학 도서관도 장서 수가 늘어나는 데 대해 부정적이다. DVD나 CD-ROM 등 전자책과 관련이 있는 자료를 선호하기 때문이다.

이처럼 컴퓨터가 빠르게 진화하고 사람들이 거기에 익숙해지다 보면 종이책 같은 옛 매체는 결국 스러지고 말 것이란 의견이 지배적이었다. 라디오가 나오자 사람들은 신문이 사라질 거라 했고, TV가 나오자 라디오와 신문이 다 죽는다고 말했다. 이제 전자책이 등장하자 종이책이 사양의 길로 접어들게 되었다고 말하는 이들이 적지 않다.

그러나 아직도 종이책을 선호하고 예찬하는 이들이 적지 않다. 책 예찬론자들은 종이책이 컴퓨터보다 훨씬 쓸모가 많다고 한다. 우스갯소리로 종이책은 베개처럼 사용할 수 있는 장점을 가지고 있다. 옛날 젊은 시절에 허영심에 들떠 영어 원서를 옆구리에 끼고 다니거나, 어려운 사상서를 들고 다닌 적도 있다.

좀 어려운 제목의 교양서나 고품격 시사 잡지 등을 들고 다니는 것이 상대에게 존경심을 불러일으키게 되는 경우도 있다. 어떤 이는 "혼인 서약 등 종교제례 때나 법정에서 컴퓨터 위에 손을 얹고 선서하는 모습을 상상해본 적이 있느냐?"는 반어법으로 종이책의 엄숙성을 강조하기도 했다.

종이책은 오래 묵을수록 값어치가 있다. 오래된 조선시대의 귀중한 한적은 몇백만 원으로 평가받는다. 신라시대에 편찬되었다는 『삼대목』 같은 책이 지금 발견된다면 그 값어치는 정말 어마어마할 것이다. 또 1924년에 발간된 김소월의 시집 『진달래꽃』 초판본 역시 소장자들에게 큰 값으로 팔리고 있다. 옛 서화나 전적이 돈이 되는 세상이다. 그렇게 생각한다면, 지금은 비록 컴퓨터에 밀리는 종이책들도 머지않아 희귀본의 대접을 받을 날이 올 것임에 틀림없다. 얼마 전 한 시인이 파주출판단지에 있는 유일한 활판인쇄 시설에서 시집을 한정판으로 발간한 다음 몇만 원의 정가를 매겼음에도 모두 매진되었다고 한다.

우리나라는 세계에서 가장 오래된 금속활자를 자랑한다. 그뿐 아니라 목판인쇄본 역시 세계 최초이다. 고려시대에 고려지와 송연묵은 중국에서도 대단한 인기 품목이었다. 그만큼 우리나라는 제지와 인쇄, 필기구 등에 관한 높은 기술을 가지고 있었다. 정조의 일기인 『홍재전서』는 지금도 책장을 잘못 넘기다가는 손가락을 베일 정도라고 한다.

한때의 출판 대국, 인쇄 대국의 이름이 그 맥을 잇지 못한 것은 이미 오래전의 일이다. 그런데 그 전통을 잇지 못한 아쉬움을 21세기 출판 대국, 독서 강국으로 보상받자고 하면 꿈 같은 얘기일까. 과연 인류 문화유산으로 남을 만한 종이책을 만들자는 건 불가능한 일일까. 봇물처럼 밀려오는 전자책과 불경기라는 이중고에 시달리는 우리 인쇄 출판계의 현실이 안타까울 뿐이다. (2010)

우리 어휘의 보물 창고

    벽초 홍명희의 『임거정』은 일제 식민지 시대 10여 년간 『조선일보』와 『조광』에 연재되면서 당시 많은 독자들에게 대단한 호응을 불러일으켰으나, 결국 미완으로 끝난 작품이다. 『임거정』은 조선조 명종 때의 실존인물인 화적패의 두목 임꺽정에 대한 이야기를 허구화한 장편소설로서, 등장인물을 통하여 당대의 시대적인 모순과 사회적인 모순을 그려내고 있다. 실존인물 임꺽정을 중심으로 가공의 인물인 오가, 박유복이, 곽오주, 길막봉이, 배돌석이, 황천왕동이를 등장시켜 이들이 일으키는 다양한 사건을 통해 천민 집단의 생활상을 다양하게 묘사하고 있다.

    주인공 임꺽정에 관한 기록은 『명종실록』에 간단하게 수록되어 있는데, 실록에 의하면 그의 이름은 임거질정(林巨叱正)이다. 그는 황해도 화적패의 우두머리로 곳곳에 무리를 지어 관아를

습격하고 벼슬아치들을 혼내어 당대 조정의 골칫거리였다. 임꺽정은 결국 명종 17년(1562) 나이 마흔 살에 관군에 체포되어 처형되었다. 실록 이외에도 야사에 그에 관한 기록이 보이는데, 이 소설은 정사와 야사의 기록을 근거로 하여 창작되었다.

소설 『임거정』은 봉단편 · 피장편 · 양반편 · 의형제편 · 화적편 등 모두 5편으로 구성되어 있다.

'봉단편'은 이장곤의 플롯이 중심을 이루고 있다. 이장곤은 원래 양반 출신이지만 연산군 때에 일어난 사화로 인해 생명의 위협을 받자 신분을 숨기고 고리백정의 딸 봉단과 혼인하고 몸을 숨긴 채 천민들과 어울려 산다. 이 때문에 이장곤은 천민의 삶이 얼마나 비참한가를 알게 된다. 중종반정으로 다시 중앙 정치 무대에 등장한 이장곤은 천민의 처지를 이해하고 이들을 돕고자 노력한다. 서울에 함께 온 봉단의 사촌 임돌은 양주에 사는 쇠백정의 딸과 혼인하고 이 사이에서 임꺽정이 태어난다.

'피장편'의 중심인물은 봉단의 삼촌 양주팔이이다. 갓바치인 양주팔이는 비록 신분은 천민이지만 학식이 매우 높아 서울에 온 뒤 당대의 이름난 학자 조광조, 김식 등과 교유한다. 양주팔이는 훗날 불교에 입문, 병혜대사가 되어 임꺽정에게 학문과 무예를 가르치는 스승의 역할을 맡는다. '양반편'에는 당시 지배계층의 권력 투쟁이 그려지고 있고, '의형제편'에는 훗날 임꺽정과 함께 청석골의 두령이 되는 인물들이 등장하여 서로 직간접으로 관련을 맺는 과정이 서술되어 있다. 이들은 주로 하층민이면서 다양한 신분으로 구성되어 있는데, 이러한 인물의 다양한 성격은 곧 이들이 민중 계층의 집단임을 의미하는 것이다.

'화적편'은 이렇게 형성된 저항 집단이 어떤 모습으로 지배 계층에 도전하는가를 보여준다. 작가는 청석골 화적패의 집단적인 저항 활동이 사회체제의 부정에서 출발한 것이며 새로운 세계에 대한 갈망에서 온 것임을 이야기한다. 이 소설은 봉건 사회에 저항한 하층민의 민중 의식을 형상화시키려는 의도 아래 집필되었고, 그것은 어느 정도 성공을 거두었다는 평가를 받고 있다.

이처럼 천민들의 저항 의식을 담고 있는 이 소설은 자칫 이데올로기 표출 위주의 작품이라고만 여겨지기 쉽다. 그러나 이 작품이 문학사에서 높은 평가를 받는 이유 중의 하나는 이 소설이 가지고 있는 우리 어휘의 다양한 구사 능력이다. 국어학자 이극로는 이 소설을 가리켜 "조선어의 보고"라고 극찬하였다. 이 소설에는 이미 사라지고 없는 우리말이 많이 나온다. 도둑질에도 '장내기', '뜨내기', '집뒤짐', '윗뒤짐', '까막뒤짐'과 같은 것이 있다든가, 시장 장사치의 '액미', '말강구', '피수리' 등의 말은 우리말의 용례를 한층 높이는 효과를 거두었다. 그래서 국어사전의 편찬을 위해서는 소설 『임거정』이 꼭 필요하다는 이야기를 듣곤 한다.

또 작가는 소설의 집필 의도의 하나로 "조선 정조의 표현"을 든다. 그래서 이 작품에는 우리 옛 풍속이 아주 리얼하게 묘사되어 있다. 작품의 인물 설정에서부터 풍속의 재구, 무속 신앙, 전설, 사회와 문화에 이르기까지 방대하면서도 세밀한 고증을 거쳐 이를 형상화하고 있다. 이는 한마디로 우리 민족의 정서와 생활 실체가 고스란히 작품에 반영되었다고 말할 수 있다.

작가 홍명희는 명문가의 후예였다. 증조부가 이조판서, 조부는 참판을 지냈으며, 부친 홍범식은 금산 군수로 재임 중 1910년 경술국치를 당하자 자결하였는데, 이때 홍명희의 나이 23세였다. 그 후 일본, 중국 등 외국을 돌아보면서 선진 문물을 습득하였고, 『시대일보』 사장 등 언론계에서 주로 활동하였으며, 신간회의 발기인으로서 조직 담당 상무를 맡아 일제에 의해 여러 차례 투옥당하기도 하였다. 해방 후에는 좌우 합작을 위해 노력하다가 월북, 그곳에서 부수상을 두 차례 역임한 인물이다. 따라서 그의 월북 이후 그의 유일한 소설 『임거정』은 출판되거나 읽을 수 없는 금서였다. 1980년대에 들어서서 대부분의 월북한 문학가의 작품이 해금되었을 때도 그의 소설은 이기영, 한설야, 이북명 등의 작품과 함께 금서 목록에서 제외되지 않았다. 그래서 『임거정』에 대한 독자들의 갈증은 풀리지 못했는데, 1985년 사계절출판사에서 과감하게 『임거정』(전9권)의 출판을 단행하여 비로소 일반 독자들이 이름만 알고 있던 이 소설을 접할 수 있게 된 것이다. 그러나 아직도 이 작품은 금서의 하나이다.

　우리말과 우리 풍속의 보물 창고, 그러면서 봉건 지배 계층에 대항하여 일어난 천민집단의 저항의식을 그린 소설 홍명희의 『임거정』은 우리 문학사상 그 의미가 퇴색되지 않는 몇 개 작품 중의 하나로 손꼽힌다. 그리고 『임거정』의 정신은 70년대에 와서 황석영의 『장길산』으로 이어진다. (2005)

시인 홍사용의 고향, 기흥

경부고속도로 기흥 IC를 빠지면 동탄으로 향하는 2차선 도로 끝에 신호등이 있는 삼거리가 나온다. 그쯤에서 동탄 쪽 길을 버리고 우회전하면 수원 방향의 도로 표지가 있다. 여기에서 문득 왼쪽으로 고개를 들어 바라보면 제법 가파른 산이 바로 주봉산이다. 그리고 주봉산 앞자락을 흘러드는 오산천이 있는 곳이 시인 홍사용이 태어난 고장이다.

어린 시절 홍사용이 친구들과 어울려 잉어를 잡았다는 냇가의 시멘트 다리를 건너면 동탄면 석우리가 나타난다. 이곳은 바로 대대로 명문 집안인 남양 홍씨들의 집성촌이다. 마을 입구에는 '시인 노작 홍사용의 고향 마을'이란 표지판이 서 있고 그의 묘소를 가리키는 이정표가 한 시인의 고향이 이곳임을 알려준다.

노작 홍사용은 한창 나라가 어지러운 1900년에 태어나서

1947년에 작고했다. 본래 그가 태어난 곳은 기흥면 농서리 용수골로 현재 삼성전자가 있는 곳이지만, 어려서 동탄면 석우리로 이사하여 한학을 수학했다.

열일곱의 나이에 고향을 떠나 휘문의숙에 진학한 홍사용은 그곳에서 박종화, 안석주, 정백 등과 어울려 문학에 심취했고, 졸업 후인 1922년 이들과 어울려 배재고보 출신인 나도향, 박영희, 최승일, 그리고 이상화, 현진건 등과 함께 동인을 구성하여 『백조』를 창간했다. 이렇게 시인의 길로 들어선 그는 이 세상 어디라도 설움이 있는 곳의 왕은 자신이라고 노래했다. 그의 서정시 「나는 왕이로소이다」를 비롯하여 「그것은 모두 꿈이었지마는」 등 20여 편의 시는 모두 감읍형(感泣形)이라고 말할 수 있다.

그는 국권 상실기를 살았던 인물이다. 그러다 보니 자연 어려서부터 감정이 풍부하였던 그의 시는 감상적이 될 수밖에 없었다. 박종화는 수필 「백조시대의 그들」에서 홍사용을 가리켜 "지금이나 그때나 고결한 선비다. 한번 사람을 알아주면 몸이 부서져라 하고, 한번 뒤틀리면 돌부처다. 즐거이 민요를 읊조리되 가장 득의처(得意處)는 향토의 정서였다."라고 평했다. 그처럼 감정이 풍부하면서도 의지가 강한 인물이었던 것 같다.

제3집으로 종간한 『백조』는 낭만주의를 표방하는 잡지였다. 동인들은 김억이 이 땅에 소개한 상징주의와 함께 낭만주의 문학운동을 전개하였다. 『백조』는 『창조』와 『개벽』과 함께 1920년대를 대표하는 동인지였다. 그만큼 우리 문학사에서 중요한 위치를 차지한다. 『백조』 발간은 홍사용이 주도했고, 자금은 그의 종형인 홍사중이 댔다. 사상지 『흑조』의 발간을 계획했으나 자금 문제로 처음부터 난관에 부딪쳐 전혀 발간되지 못했다.

시인으로서의 활동 못지않게 연극 활동에도 열성적으로 참여하여 토월회, 산유화회 등의 극단을 이끌며, 희곡 집필은 물론 직접 연출과 연기를 하기도 하였다. 그러나 그는 일제강점기를 살면서도 끝내 친일을 하지 않은 시인으로 잘 알려져 있다.

용수골과 석우리 일대에서 2백 석 지기 부농으로 행세했던 홍사용의 집안은 『백조』의 발간과 신극 운동으로 가산을 모두 탕진하고 말았다. 1970년대 중반까지 부인과 딸이 살았던 집마저도 이젠 남의 소유가 되어 잡초만이 무성할 따름이다. 그의 무덤은 시비와 함께 소나무가 울창한 산길을 따라 10여 분 만에 도착한 먹실골에 자리하고 있다. 이 마을이 배출한 현역 시인으로는 그의 집안인 동국대의 홍신선 교수와 고려대의 홍일선 교수가 있다.

우리 고장 기흥에서 태어난 홍사용이 세상을 떠난 지 벌써 60주년이 되었다. 그가 태어난 고향에는 이제 세계적 기업인 삼성전자가 자리를 차지하고 있고, 푸른 산과 맑은 시냇물이 있던 터전은 도시화에 밀려 아파트촌으로 변하였다. 그리고 많은 이들이 근대문학 초기에 우리 문학을 위해 자신을 던졌던 시인 홍사용을 잊고 지낸다. 시인의 고향 기흥을 지나며, 시인 박인환의 노랫말 "지금 그 사람 이름은 잊었지만/그 눈동자 입술은 내 가슴에 있네."처럼 한 시인의 문학을 위한 몸짓이 있었음을 우리 모두가 알아준다면 하는 마음 간절하다.

기흥은 부근에 소재하고 있는 수원의 용주사와 사도세자의 융릉과 정조의 건릉과 함께 우리가 기억하고 있어야 할 역사의 쉼터이다. (2007)

전통의 계승

중국의 동북공정

　중국이 저들의 전국체전을 위한 성화 채화를 백두산에서 거행하면서 중국의 동북공정에 대한 우려의 목소리가 한결 높아지고 있다. 우리나라도 체전의 성화는 강화도 마니산에서 채화한다. 그것은 마니산이 단군과 관련이 있는 성지이기 때문이다. 이번에 체전 성화를 백두산에서 채화한 중국은 지난 행사에서는 티베트와 위구르 지역에서도 성화 채화를 했다고 들었다. 그것은 중국이 이런 지역을 자신의 영토로 간주한다는 사실을 국내외에 알린 사건이라고 볼 수 있다. 이것을 우리는 각각 서남공정과 서북공정이라고 부른다.

　이러한 일련의 사태는 중국이 자신들의 영토를 늘리려는 치밀한 계산 아래 진행된 공작이다. 실제로 티베트나 과거의 위구르 지역은 이미 중국의 영토가 되었다. 티베트의 종교 지도자

달라이라마는 티베트를 떠나 전 세계를 전전하며 다시 한 번 티베트의 독립을 꿈꾸고 있지만, 중국은 따로 허수아비 달라이라마를 세워놓은 지 오래이다.

동북공정은 필연적으로 역사 왜곡을 불러오게 마련이다. 그리고 그것은 만주 지역에서 발흥한 우리의 부여와 고구려, 발해에 관한 역사를 저들에게 유리하도록 고쳐 쓰는 일이다. 부여와 고구려, 발해는 우리 민족과 말갈족의 나라이다. 그리고 그 지배 계층은 순수한 한민족이다. 그런데 중국은 세 나라 모두 중국의 변방민족이 세운 나라라고 주장한다. 또한 조선 민족은 예로부터 조선반도에서만 활동하였으며, 심지어는 고구려가 조선반도의 북부를 통치하였기 때문에 그곳마저도 중국과 관련이 있는 영토라고 주장한다. 발해를 세운 대조영은 틀림없는 고구려 유민임에도 불구하고, 발해를 속말갈이 건국한 나라라고 사실을 왜곡하고 있다. 그리고 이들 나라는 각각 엄연한 독립국가로서 중국과 대등한 입장에서 교역한 사실을 두고, 이를 조공이라고 말하고 있다.

우리나라는 인쇄술에 관한 한 세계에 자랑할 거리가 많다. 제지술은 한나라의 채륜에 의해 중국이 먼저 발명했지만, 그 질에 있어서는 중국의 종이보다 우리 종이가 훨씬 뛰어났다. 중국은 우리 종이를 '고려지'라 하여 아주 비싼 값에 거래하였고, 먹도 고려의 '송연묵'을 최고로 쳤다. 세계 최초로 금속활자를 발명한 나라도 고려이다. 서기 1234년에 금속활자를 이용하여 간행되었다는 『상정예문』은 그렇다 하더라도 서기 1377년에 간행되어 현재 프랑스 국립박물관에 소장되어 있는 『직지심경』은 금속활자로 인쇄한 서책이라는 사실은 의심할 여지가 없다. 이것만 해도 구텐베르크의 성경에 비교하여 훨씬 앞서서 간행된 금속활자본이 된다. 1966년 경주 불국사 경내에 있는 다보탑을 보수하다가 발견된 『무구정광대다라니경』이 서기 751년경에 인쇄된 것으로 미루어 이는 세계 최초의 목판본이다. 그런데 중국은 이것을 당나라에서 인쇄되어 신라로 건너간 것이라는 주장을 펴는 한편, 서기 868년에 인쇄된 저들의 『금강경』이 세계 최초의 목판본이라고 말한다.

심지어 저들은 한자가 바탕이 되어 한글을 만들었다고 억지를 부린다. 이 밖에도 저들에 의해 왜곡된 역사적 사실이나 문화적 요소들은 셀 수 없이 많다. 이러한 역사 왜곡의 주된 내용은 정치적인 면과 문화적인 면에 있어 우리 민족은 중국 민족의 영향 아래에 있었다는 주장과 일맥상통한다. 진나라의 영토가 중국 대륙과 대동강 이북의 한반에 이르렀으며. 중국 유민이 기자조선을 세워 다스렸다는 억지 주장은 다시 말해 현재, 또는 가까운 미래에 대동강 이북은 중국의 영토가 될 수도 있다는 사실은 은연중에 홍보하는 셈이다. 그리고 이것이 진짜 중국의 속셈이다. 이미 중국은 북한의 붕괴를 대비하여 한반도 북부를 자신들의 영토로 삼고자 하는 계획을 착착 준비하고 있다고 보면 지나친 억측이 될까?

이번에 드러난 이런 역사의 왜곡은 진작부터 저들의 중·고 교과서에 실려 있던 내용들이다. 우리나라 정부 당국도 이런 사실을 모를 리가 없다. 학자들도 이런 우려를 여러 차례 경고한 바 있다. 그런데 과문한 탓인지 아직도 우리 정부 차원에서 이러한 역사의 왜곡에 대해 정식으로 항의한 적이 없는 것으로 알고 있다. 이웃 나라에 대한 친선도 좋지만 이러한 역사 왜곡은 우리의 생존과도 직결되는 중대한 문제이다. "좋은 게 좋다." 식으로 그냥 넘길 문제가 절대 아니다. 이번 기회에 우리의 태도를 확실하게 밝혀주기를 기대한다. 또 다른 이웃인 일본의 수상이 전범이 합사된 야스쿠니 신사에 참배한 것을 두고 대통령으로부터 장관, 국회의원들까지 나서서 강한 비난을 퍼붓는 것과 왠지 비교가 되는 대목이기도 하다. (2006)

도리옥 관자

조선시대에는 고관대작을 지내다 퇴임하고 나면 고향으로 돌아가 조용하게 사는 경우가 많았다. 그 고독을 어떻게 견디었을까? 무엇보다도 같은 눈높이에서 이런저런 이야기를 나눌 사람이 없었을 텐데 말이다. 흔히 낙동대감(洛東大監)이라 불리는 류후조(柳厚祚, 1798~1875)는 임란 당시 명재상으로 국란을 극복했던 서애(西厓) 류성룡(柳成龍)의 8대손이다. 대원군은 정권을 잡으면서 탕평책을 펴서 그동안 중앙 정권에서 소외되었던 영남 남인을 등용했다. 그 대표적 인물이 류후조이다. 그는 부사(府使) 역임 도중 철종 9년 정시문과(庭試文科) 병과(丙科)에 급제하여 부호군(副護軍)을 지냈지만, 퇴임 후에는 가난을 이기지 못해 끼니를 때우기도 어려울 정도였다. 대원군이 낙백 시절 전국을 주유할 무렵 상주의 낙동강 가에 강직한 선비가 있다는 이야기를 듣고 그를 찾아갔다. 그래도 대원군이 찾아오자 손님 접대를 해야 하겠기에 류후조는 백비탕(白沸湯)을 끓여 상에 올렸다. 백비탕은 맹물을 끓여 대접에 담아 내놓는 것으로 청빈의 상징이다. 훗날 대원군은 정권을 잡자마자 그를 이조참판에 임명한 데 이어 다음 해에 공조판서, 그다음 해에는 우의정, 좌의정을 차례대로 제수했다. 좌의정을 지내고 현직에서 물러난 류후조는 고종 9년 봉조하(奉朝賀)가 된 다음 조정에서 물러나 사가가 있는 상주로 돌아와서 낙동강 지류의 동네 나루터에 나가 강변을 바라보며 낚시를 하면서 세월을 보냈다. 어느 날 이웃 고을 신임 사또가 부임하면서 나룻배를 타고 낙동강을 건너오게 되었다. 사또를 모시고 온 수행원들은 어느 노인네가 나루터에 서성이고 있는 걸 보고 보통 촌로로 여겨 사또가 배에서 내릴 때 발이 물에 젖지 않도록 하기 위해 촌로에게 사또를 등에 업도록 시켰다. 촌로는 아무 말 없이 수행원들이 시키는 대로 신임 사또를 등에 업었다. 그런데 사또가 등에 업혀서 보니까 이 촌로가 머리에 도리옥 관자를 하고 있는 게 아닌가? 관자는 망건의 좌우에 달아 당줄을 꿰어 거는 지름 1.2cm 내외의 작은 고리로, 권자(圈子)라고도 한다. 망건편자의 귀 부근에 달아 편자 끝에 있는 좌우의 당줄을 걸어 넘기는 구실을 하는 것이지만, 관품(官品)에 따라 재료나 새김장식을 달리 하여 신분을 표시하기도 하였다. 『경국대전(經國大典)』에 의하면 정3품 이상의 당상관은 금이나 옥을 사용하였으며, 정3품 이하 당하관 벼슬아치와 서민에 이르기까지는 뼈·뿔·호박 등을 사용하였다고 기록되어 있다. 또 『오주연문장전산고(五洲衍文長箋散稿)』에는 1품은 만옥권 관자를 하였고, 2품은 견우화·매화·오이꽃 모양의 금관자, 3품은 견우화·매화 모양의 옥관자를 썼다고 기록되어 있다. 이에 의하면, 1품의 관자와 3품의 관자는 다 같이 옥으로 만들지만, 1품의 옥관자는 크기가 작고, 2품의 금관자를 거쳐 다시 옥관자를 한다 해서 이를 '도리옥'이라고도 부른다. 그래서 "벼슬아치가 옥관자를 달면 나리, 금관자를 달면 영감, 도리옥 관자를 달면 대감이다."라는 말이 있다.

신임 사또는 깜짝 놀라 그대로 땅바닥에 엎드려 "대감, 몰라뵙고 죽을죄를 지었습니다." 하고 죄를 청했다. 그러자 촌로는 '껄껄' 웃으며 그 자리를 떠났다고 한다. 그 촌로가 바로 류후조이다. 고택은 경북 상주시 중동면 우물리에 있는데, 지방문화재로 등록되어 있다.

요즘 모 방송국에서 〈징비록〉이라는 연속극을 방영하고 있는데, 사극에서 중시되어야 할 고증 문제에 적지 않은 '옥의 티'가 보인다. 그 가운데 하나가 지위의 고하를 막론하고 몽땅 옥관자를 하고 있는 벼슬아치들의 모습이다. 이를 보는 시청자의 마음은 서글프다. (2014)

정겨운 돌 민속품

맷돌은 곡식을 가루로 만드는 농기구의 하나이다. 농가에만 있는 게 아니라 일반 가정에서도 흔히 볼 수 있다. 맷돌은 위짝과 아래짝으로 구성되어 있어, 한 짝만으로는 제 구실을 하지 못한다. 아래짝은 바닥에 고정되어 있고 위짝을 빙빙 돌려 딱딱한 곡물을 잘게 부수고 부드러운 가루를 만들게 된다. 맷돌은 아래짝 가운데 중쇠가 있고 여기에 위짝의 가운데 구멍을 맞춘 다음 맷손(어처구니)이라고 부르는 나무 손잡이를 돌리도록 만들어져 있다. 따라서 맷돌은 돌 두 짝이 한 조가 된다. 재질은 대부분 거칠게 쫀 화강암이나 제주도에서 볼 수 있는 화산석으로 곰보처럼 얽도록 만들어진 것이 제격이다.

맷돌에 대한 소개 책자는 많지만, 그에 대한 가장 오래된 것으로는 서호수(1736~1779)가 지은 『해동농서』를 꼽는다. 이에 의하면 매의 종류는 맷돌[石磨]과 매통[木磨], 연자매[連磨] 등이 있다고 했다. 지금은 나무로 만든 매통이나, 소나 나귀 등 가축이 끌던 연자매는 거의 찾아보기가 힘들고 맷돌만이 아직 우리 주변에 남아 있어, 불린 콩을 갈아 두부를 만들거나 녹두를 갈아 빈대떡을 부쳐 먹는 모습을 가끔 볼 수 있다.

맷돌은 자주 남녀에 비유되기도 한다. 물론 이럴 때는 중쇠가 박혀 있는 아래짝이 남자에 해당된다. 우리의 고전 『춘향전』을 보면 첫날밤에 이 도령이 춘향더러 "너는 죽어 맷돌 웃짝이 되고, 나는 밑짝이 되어 이팔청춘 홍안미색들이 섬섬옥수로 밑대 줄 잡고 슬슬 돌리면 천원지방 격으로 휘휘 돌아가거든 나인 줄 알려무나."라고 말하는 대목이 나온다.

"눈 같이 하얀 밀가루가/솔솔솔 쏟아진다/맷방석 위에 하얀 산이 생긴다/점점 높아진다//들들들들/따스한 양지쪽 마루에서/할머니가 혼자 밀을 가신다."라는 김기현 님의 시를 읽어보지 않더라도, 마루에 앉아 혼자 혹은 두 사람이 손을 한데 모아 맷손을 잡고 곡식을 갈고 있는 아낙네의 모습은 우리 모두의 고향을 그리게 하는 어린 시절 정겨운 추억의 한 편린이다.

장승의 모습은 한마디로 기괴하다. 툭 불거져 나온 눈망울과 귀 밑까지 찢어진 입, 얼굴 전체의 절반을 차지하고 있는 커다란 코는 굴곡이 뚜렷한 모습을 한층 무섭게 만든다. 그래서 장승을 처음 보는 아이들은 귀신을 보는 듯한 진저리를 치며 뒷걸

음질하게 만들기도 한다.

　그러나 장승의 얼굴을 가만히 들여다보면, 꼭 무서운 얼굴만은 아니다. 어찌 보면 근엄한 할아버지 같기도 하고 인자한 할머니 같기도 하다. 그래서 우리는 장승의 괴이한 얼굴에서 더욱 친근함을 느끼는지도 모른다.

　지방에 따라 장승의 모습은 독특하다. 권위와 위엄을 나타내는 모습인가 하면, 익살의 웃음을 띠거나 소박하고 어수룩한 모습을 보여주기도 한다. 또 장승의 재료도 다른 경우가 많다. 거의가 소나무로 만든 것이지만, 화강암으로 된 것, 제주도에서 보는 것처럼 화산석으로 만들어진 것도 있다.

　장승은 한자로 '長生', '長栍', '長承' 등으로 표기하고 있다. 또 제주에서는 '하루방'이나 '우석목(偶石木)'이라고 부르고, 영남 지방에서는 '벅수'라고 하며, 중부 지역에서는 천하대장군만 따로 가리켜 '수살'이라고 부르기도 한다.

　장승은 그 성격상 마을의 수호신 역할과 이정표 역할을 한다. 그것이 서 있는 장소로 보아, 마을이나 절의 입구에 있는 것은 수호신, 길가에 있는 것은 이정표의 역할을 하는 것으로 보면 별 무리가 없다.

　장승은 원천적으로 주술 신앙과 관련되어 있어, 귀신을 쫓는 빛깔이라고 알려진 붉은색 주토를 칠한 경우가 많다. 중부 지방의 수살은 살을 막는 수목 신앙과 관련이 있을 것이라는 짐작이

가능하다.

비록 보잘것없고, 생긴 모습 역시 괴이하기 그지없는 장승, 그러나 그 장승을 가만히 뜯어보면 볼수록 더욱 정겨운 우리 자신의 모습을 발견할 수 있다. 신앙의 대상으로 또는 이정표의 푯말 역할을 담당함으로써, 장승은 예부터 우리 생활 속에 깊이 뿌리를 내리고 있다.

얼마 전까지만 하더라도, 전국 어디를 가더라도 흔하게 볼 수 있었던 장승도 이젠 거의 사라지고 말았다. 전국을 통틀어 겨우 250여 개의 장승만이 남아 우리 민속문화의 모습을 보여 주고 있다고 들었다. 현재 전국의 장승 가운데 경남 양산 통도사의 국장승은 보물로 지정되어 있고, 경남 통영의 독벅수와 같은 곳의 쌍벅수, 전남 나주의 불회사와 남원 실상사 돌장승은 중요 민속자료로 지정되어 있다. (1995)

관례의 현대적 의미

5월 18일은 성년의 날이다. 만 스무 살이 되는 이들을 격려하고 축하하는 뜻에서 열리는 행사들이 적지 않으리라 본다. 만 스무 살이면 대략 대학 1, 2학년생의 나이가 된다. 그만큼 앞날에 대한 꿈도 많고 미래에 대한 기대 수치가 높은 시기에 해당된다고 보겠다. 보다 넓은 지식을 쌓고 학문과 기술을 연마하여 민족과 국가를 위해 무엇을 할 것인가 하는 설계도를 준비하는 단계이기도 하다.

성년의 날을 맞으면, 글자 그대로 성인으로서의 자유의지와 더불어 의무와 책임이 따른다. 이젠 더 이상 어린아이가 아니라는 대접과 함께 스스로 모든 것을 판단하고 행동하여야 하는 것이 바로 성인으로서 갖추어야 할 마음의 자세다. 이 모든 것이 만만하지가 않다. 단지 나이가 되어 성인이 아니라 성인으로서의 마음가짐과 몸가짐이 필요하다는 뜻이다.

성년의 날은 예전에도 있었다. 그것을 우리는 관례(冠禮)라고 하였다. 즉 어른이 되는 첫 단계로 관혼상제(冠婚喪祭) 가운데 첫 번째 자리하는 통과의례인 셈이다. 관례는 어린아이가 성인이 되었음을 표상하기 위해 남자에게는 상투를 틀어 갓을 쓰게 하고, 여자에게는 쪽을 찌고 비녀를 꽂아주는 의식으로 오늘날의 성년식에 해당한다. 옛 문헌에 남자의 경우 15세에서 20세 사이에 관례를 행한다고 기록되어 있다. 관례를 받는 데에는 특별한 자격은 없었다. 다만 어느 정도 경서를 이해하고 예의에 대해 어느 정도 알고 있으면 된다. 다만 부모 상중에는 관례를 할 수 없다.

관례를 행하는 데에는 일정한 절차가 있었다. 관례는 대개 정월에 행해지는 게 원칙이다. 먼저 관례가 있기 사흘 전에 조부나 부친, 또는 형이 사당에 이를 고한다. 이런 분이 모두 계시지 않으면 본인이 직접 사당에 고할 수도 있다. 관례 전날에는 계빈(戒賓)을 청하여 하룻밤 집에 머무르게 하는데, 이는 조부나 부친의 친구 가운데 성품이 어질고 예법을 잘 아는 이를 선택한다.

관례 당일이 되면 아침 일찍 일어나 따로 자리를 만들고, 상에 치관(緇冠), 심의(深衣), 대대(大帶), 조삼(皂衫), 복두(幞頭), 초립(草笠), 망건(網巾), 신, 빗, 띠 등 필요한 의복 일체와 술, 육포, 식혜 등 음식을 준비한다. 행사는 초가(初加), 재가(再加), 삼가(三加)의 삼가례(三加禮)로 치러진다.

관례를 받는 이는 입고 있던 옷을 모두 벗어버리고 적삼, 중의, 저고리, 바지, 조끼, 덧저고리 등 준비된 새 옷으로 갈아입고 예식을 치른다. 예식을 마친 후 관복 차림으로 사당에 나아가 조상에게 성인이 되었음을 고한 다음 조부모, 부모께 인사를 드린다. 또 친척 어른들과 동네 어른에게도 인사를 드리는 게 통상적인 절차이다. 그 후에는 하루 종일 관례 잔치를 하게 되는데, 그 규모가 혼인 잔치에 버금간다. 이처럼 관례는 한 사람이 비로소 성인이 되었음을 주위에 알리는 일이다. 이제는 혼인도 할 수 있고, 성인이 된 데 대한 사회적 책임도 져야 한다.

오늘날의 성년의 날에 비한다면 관례는 좀 더 엄숙하고 관례를 받는 이의 몸가짐도 진지했다. 요즘 성년의 날이 또래 중심의 행사인 데 비해 옛날의 관례는 가족과 친지, 그리고 동네의 행사였다.

성인이란 스무 살 나이의 몸집만 커다란 사람이라는 의미는 결코 아니다. 사회의 한 구성원으로서 책임과 의무를 다하고, 인간으로서의 도리를 다하는 사람을 우리는 성인으로 대접한다. 그렇다면 오늘의 성년식도 이젠 가족 단위나 학교 단위에서 부모나 교사가 집례하는 행사로서 한층 경건하게 치를 필요가 있지 않을까 생각해본다. 이것이 옛 조상들이 행한 관례의 정신이 오늘 성년의 날을 맞는 젊은이들이 되새겨야 할 진정한 의미가 아닐까. (2004)

새로 단장한 청계천

청계천이 새롭게 단장하여 2004년 10월 1일 비로소 첫 모습을 드러냈다. 그동안 간간이 언론매체를 통해 달라진 청계천의 변해가는 모습을 우리에게 선을 보였지만, 완전하게 그 전모를 드러낸 것은 이번이 처음이다. 100만 명에 가까운 사람들이 청계천을 보려고 나들이에 나섰고, 사고가 없었던 것은 아니지만, 서울 시민의 곁으로 다가온 청계천을 반기는 모습이었다.

많은 사람들이 청계천을 보려고 몰려든 것은 우리 주위에 푸른 공원이 없었던 탓이다. 서울이란 도시는 녹지 공간이 세계 여러 나라의 수도 중 가장 많은 도시이긴 하지만, 그건 모두 북한산, 남산 등 서울을 둘러싸고 있는 산악지대가 많은 때문이지 도심 한복판에 시민들이 쉴 만한 공원이 많기 때문은 아니다. 더럽고 오염된 물이 흐르던 청계천에 버들치와 잉어가 뛰어놀고 갖가지 수초들이 피어 있는 것을 보노라니 마치 우리의 회복된 자존심을 보는 듯하다.

청계천은 수도 서울과 역사를 함께한다. 개성 수창궁에서 왕위에 오른 이성계는 한양으로 도읍을 옮기고, 정궁인 경복궁을 건립하였다. 그 후 역대 임금들은 작은 개천에 불과하던 청계천의 준설 사업을 벌였다. 청계천을 가로지르는 다리로는 수표교, 광통교, 오간수 다리 등을 놓아 남북 간의 교통을 원활하게 하였다. 당시의 청계천은 매우 물이 맑았다. 그래서 성안의 부녀자들은 날이 맑으면 청계천에 나와 밀린 빨래를 했고, 어린이에게 청계천은 놀이 동산이었다.

그리고 청계천은 홍수 방지 역할도 하였다. 청계천은 한강의 흐름과는 반대로 서쪽에서 동쪽으로 흘러듦으로써, 도심에 물이 한꺼번에 밀려드는 것을 막아주었다고 한다. 그리고 보면 청계천은 한양 사람들의 생활과는 떼려야 뗄 수 없는 관련을 맺고 있는 셈이다.

일제강점기에는 청계천을 개천이라고 불렀다. 사실 이 무렵의 청계천은 늘어나는 서울 인구를 감당할 길이 없어, 많이 오염될 수밖에 없었다. 그러나 박태원의 소설 『천변풍경』을 보면, 청계천에서 빨래하는 아낙네가 적지 않은 듯하다.

그러던 청계천이 결정적으로 오염이 된 것은 6·25전쟁을 치른 다음의 일이다. 많은 피난민들이 청계천 바로 옆에 판잣

집을 짓고 살았다. 그러면서 청계천은 온갖 오물과 분뇨를 내다버리는 쓰레기장으로 변한 것이다. 오갈 데 없는 피난민과 빈민, 심지어 거지들이 청계천을 중심으로 모여 살았다. 이미 청계천은 서울의 허파가 아니라 외면하고 싶은 존재로 전락했다.

마침내 5·16으로 정권을 잡은 군인들은 그들의 논리대로 청계천을 복개하고, 그 위에 고가도로마저 개설하였다. 당장에는 보기 싫은 것을 보지 않아도 되고, 교통의 소통까지 원활해졌으니 근대화의 상징처럼 보였을 것이다. 이 때문에 청계천의 물은 더욱 썩어 들었고, 그 물은 장안평을 거쳐 중랑천과 합쳐서 한강으로 흘러갔다. 마침 그 합수 지점은 세조 시절의 권신 한명회가 지은 압구정이 있던 장소였다. 한명회가 압구정을 지을 당시의 아름답던 한강의 풍광은 오염된 청계천의 물로 말미암아 더러워지고 말았다. 한때 압구정동의 풍속이 어지러운 것은 청계천의 오염 때문이라고 말하는 풍수학자들도 있다.

이제 청계천이 다시 우리 곁에 다가왔다. 많은 이들이 모여, 거듭 태어난 청계천을 보면서 기뻐하고 있다. 서울이 한층 아름답고 풍요로워진 느낌이다. 2년에 걸친 공사 기간 동안 수많은 서울 시민들이 교통의 불편을 감수했고, 청계천 근처에서 가게를 하고 있는 상인들도 고통을 견디고 이겼다. 그런 이유로 이번에 우리 곁에 돌아온 청계천은 새삼 반갑고 귀한 존재이다.

또한 역사는 우리들에게 다시는 청계천을 멀리하지 말라고 교훈을 주는 것 같다. 이제 우리 모두 청계천을 아끼고 가꿀 일만 남았다. (2004)

우리 보물의 지킴이 전형필

1930년대는 일제의 의한 이 땅의 민족색 말살 정책이 개시되던 시기였다. 이와 반대로 한국 근대문화의 비약적 개화기였고 동시에 민족의 문화유산에 대한 존중과 인식이 사회적으로 크게 계몽된 시기였다. 문화재에 대한 재인식과 사랑은 당시 여유 있는 인사와 수집가들에 의해 옛 서화와 책, 기타 도자기, 불상 등 모든 종류의 고미술품에 대한 수집과 보호 양상으로 나타났다. 물론 그중엔 일본인 권력자 혹은 골동상과 결탁한 무리들도 많았고, 또 자신의 부나 안목을 자랑하려는 수집가도 적지 않았다. 그러나 그런 속에서도 민족혼을 지킨다는 뚜렷한 목적의식으로 재산을 아끼지 않은 민족 문화재의 참다운 수호자가 있었다. 그 대표적인 인물이 간송 전형필이었다.

같은 세대의 고유섭과 송석하가 유형·무형의 문화유산을

학술적으로 조사·연구한 반면 간송은 개인적인 상속 재산으로 그것들의 수집·보호에 심혈을 기울임으로써, 모든 것이 파괴 당하던 일제 치하 식민지에서 민족적인 사명의 하나를 감당한 제3의 공로자였다. 그러한 간송의 업적은 사학자 김상기 박사 의 다음과 같은 증언에서 단적으로 파악된다.

"일제 침략 시기에 있어 귀중한 우리의 문화재가 날로 일인 을 비롯하여 기타 외국인의 손에 수탈되고 있을 제, 선생은 문 화재 수호를 그의 사명으로 여기고 일생을 통하여 사재를 기울 여 저들과 경쟁하면서 수많은 문화재를 구입 또는 회수할 제, 때로는 일본까지 건너가 우리의 국보급 문화재를 국제적 경쟁 속에서 고가로 매환(買還)하여 국제사회에 화제를 던지기도 하 였다."

간송은 1906년, 당시 서울 종로 일대의 상권을 잡은 큰 부호 의 둘째 아들로 태어나 휘문고보를 거쳐 1929년에 일본의 와세 다대학 법과를 졸업했다. 일찍부터 남달리 생각하는 것이 깊고 도량이 넓었던 그는 일본 유학을 마치자 선대로부터 물려받은 막대한 재산을 가치 있게 쓸 수 있는 어떤 민족적인 과제가 있 는지 자문하게 되었다. 그때 그에게 재산가만이 가능한 민족 문 화재의 수호에 나서도록 권하고 혹은 영향을 준 인사와 선배들 이 있었다. 문화재 수집의 대선배이자 3·1운동 때엔 민족 대 표의 한 분이었던 위창 오세창은 특히 간송의 명예로운 생애의

초기에 결정적인 영향을 준 인사였다.

위창의 집을 드나들면서 서화와 고서에 대한 견식과 안목을 높이는 한편 본격적으로 수집을 시작하게 된 간송은 주위에서 일본인에게 빼앗겨서는 안 된다고 말하는 중요한 문화재가 있으면 값을 따지지 않고 무조건 사들였다. 그러한 그의 재산 선용과 민족적인 사명감을 정신적으로 격려해준 사람으로는 위창 외에도 문인화가로 교양 있는 수집가였던 김용진과 휘문고보 시절의 은사인 서양화가 고희동이 있었다.

서화와 고서로부터 시작되었던 간송의 컬렉션은 차차 고려 및 조선시대의 도자기, 기타 불교 조각품 등으로 수집 대상이 확대되어갔다. 그것은 사적인 취향과 단순한 독점의 만족감을 떠난, 민족 문화재의 광범위한 보호로서의 사명감을 가진 수집이었다. 그의 안목은 갈수록 높아졌고 따라서 그가 잡는 물건들은 예외 없이 민족미의 정수들이었다. 그의 눈은 당시 탐욕스런 일본인 수집가와 골동품 상인을 앞지르곤 했다. 어쩌다 일본인에게 놓친 물건이 있을 때면 있는 힘을 다하여 사 오고야 마는 투쟁을 벌였다. 그것은 문화재를 통한 일제와의 대결이었다.

일제의 국토를 침탈당하고 있는 현실 상황에서 미래의 광복을 지향하는 민족 문화재의 수집과 보호와 훗날의 사회적 기여야말로 자신에게 부과된 사명이라고 확신하게 된 간송은 순수한 협력자가 추천하는 미술품과 스스로 주목한 문화재들을 지체 없이 사들이느라고 부동산까지 처분했다. 가령 일본인에게 빼앗기게 된 국보급의 고려청자 하나를 시급히 일본에서 되사오기 위해 시골의 농장 하나를 팔아야 했던 일도 있었다.

확고한 목적의식으로 시작된 간송의 컬렉션은 급속도로 그 내용이 풍부해져갔다. 1930년대 중엽엔 벌써 개인 미술관의 시설을 필요로 했을 정도에 이르렀다. 그즈음 서울 성북동의 유서 깊은 선잠단 일대의 숲 속에 우아한 양식 별장을 짓고 살던 외국인이 있었다. 구한말에 이 땅에 건너와서 비료 장사를 하여 크게 돈을 벌었던 브레상이라는 사람이었다. 그런데 이 프랑스인이 마침 귀국한다고 별장과 숲을 내놓게 되었다. 간송은 그 지대와 숲과 별장이 마음에 들었다. 그는 즉각 그것을 사들이고 별도로 자신의 미술관 건물을 숲 속에 세우는 구상을 서둘렀다.

1936년, 성북동의 선잠단 숲 속에는 드디어 한국 최초의 개인 미술관이자 나라를 잃은 민족의 역사적 문화재 보호에 몸과 재산을 바치기로 결심한 한 장한 청년 독지가의 의지를 상징하는 아담한 2층 건물이 세워졌다. 그리고 이 건물에는 민족문화의 정화들이 수북하게 모여진 집이라는 뜻의 '보화각'이라는 현판이 걸렸는데, 그때 그런 이름을 지어주고 또 현판 글씨를 써준 이는 바로 위창 오세창이었다.

보화각은 간송의 의지와 결의를 더욱 넓혀주는 장소가 되었다. 그는 빛나는 민족 미술의 전통을 연구하고 계승시키는 장소로서 보화각이 기능하기를 원했다. 그는 컬렉션의 내용을 더 많은 걸작 미술품과 중요 문화재로 계속 채워나갔고, 문고에는 한국 미술문화 연구에 필요한 모든 서적을 국내외에서 사들였다.

1930년대에 시작된 간송의 원대하고 치밀한 계획은 일제의 태평양전쟁 패망과 조국의 해방, 그리고 미구에 닥친 비극적인 한국전쟁 등을 겪으면서 지연되다가 그의 생전에 끝내 실현을 보지 못하고 말았지만, 그가 수집하여 고스란히 보존시킨 수만 점의 각종 문화재들은 지난날의 그의 큰 뜻과 업적을 대변해주고도 남는다. 한국전쟁 때에 유실된 극히 일부를 제외하고는 거의 완전하게 오늘도 보호되어 있는 보화각 컬렉션은 간송이 57세로 작고한 지 4년 후인 1965년부터 고인의 유지를 잇는 한국민족미술연구소에서 정리를 맡아 순차적인 공개와 목록 정리가 이루어졌다.

개인 수집으로는 국내 최대의 보고인 간송 컬렉션은 하마터면 한국전쟁 때 북한 인민군들에 의해 몽땅 탈취당할 뻔했었다. 그러나 유엔군의 전격적인 9·28 서울 수복으로 북측은 그걸 미처 실행에 옮길 겨를이 없었다. 그 후 1·4후퇴 때엔 부산 지역의 안전지대로 모두 옮겨짐으로써 전란으로부터 보호되었다.
(2009)

아, 숭례문!

2008년 2월 11일, 우리의 국보 제1호인 숭례문이 이 세상에서 영원히 사라졌다. 사회에 불만을 가진 어떤 개인의 방화에 의해 소중한 우리 문화재가 한 줌의 잿더미로 사라지고 만 것이다. 그 책임 소재를 놓고 문화재청과 소방방재청, 중구청이 서로 발뺌만 하고 있는 모습도 불만이지만, 이미 사라진 숭례문의 단아한 모습은 찾을 길이 없다. 통곡이라도 하고 싶은 심정은 나 혼자에 그치지 않을 것이라는 생각이 든다.

고려를 멸망시키고, 조선을 개국한 태조는 개성의 수창궁에서 왕위에 올랐다. 무학대사의 진언에 따라 한수 이북에 도읍을 정한 다음 정궁인 경복궁(景福宮)을 짓고 도성을 쌓는 한편 그 통로로 사대문과 사소문을 건립하였다. 사대문의 이름은 통치이념 유교의 덕목인 인의예지(仁義禮智)를 따서 지었다. 사대문으로는 동문은 흥인지문(興仁之門), 서문은 돈의문(敦義門), 남문은 숭례문(崇禮門), 북문은 숙정문(肅靖門)이라고 명명하였다. 문 이름이 모두 세 글자로 되어 있는 데 비해 흥인지문만 이름 속에 갈 지(之) 자를 넣었다. 그 이유는 북악을 주산으로 하여 우백호인 인왕산에 비해 좌청룡에 해당되는 안산의 산세가 매우 미약한 탓에 산(山) 자와 비슷한 형태의 글자를 넣어 보비(補裨)하려는 의미를 지니고 있다.

사대문의 처지는 기구하다. 이 사대문 중 숙정문은 그 문을 개방하면 도성의 부녀자들이 음란해진다 하여 닫아두었다가, 노무현 대통령 재임 시절에 와서야 안보의 핑계를 벗고 마침내 개방되었다. 돈의문은 일제가 전차를 부설하는 데 방해가 된다 하여 헐어버렸다.

사대문 중 우리의 사랑을 가장 많이 받은 문이 바로 숭례문이다. 다른 세 대문의 편액이 모두 가로인 데 비해 숭례문의 편액만 세로로 되어 있다. 과천에 위치한 관악산은 형태상으로 분류할 때 불꽃이 타오르는 모양을 하고 있다. 이는 화산(火山)에 해당된다. 그러니 자연 그 화기가 도성을 넘보게 마련이다. 그 화기에 대응하기 위하여 광화문 양 옆에 해태를 만들어 설치하였다. 해태는 화기를 막는다는 상상 속의 동물이다. 또한 세로 형태의 숭례문의 편액이 관악의 화기를 막아준다고 생각하였다. 숭(崇) 자는 불꽃이 타오르는 모양의 글자이고, 예(禮) 자는 오행상 화(火)에 해당한다. 즉 숭례문이라는 이름은 관악의 화기를 화기로 막자는 뜻에서 지어진 것이다. 이에 곁들여 숭례문 부근에 남지(南池)라는 연못도 만들었다.

그럼에도 불구하고 도성 안에는 화재가 많이 발생하였다. 겨울이 되면 세검정으로 넘어가는 길목인 창의문(彰義門) 골짜기에 불어오는 칼바람이 도성 안에 크고 작은 화재를 일으키는 주범이었다. 도성의 잦은 화재의 예방 차원에서 숭례문의 이름이 지어진 것이다.

한성이라는 도시를 설계한 인물은 조선의 개국공신 정도전이다. 왕권에 비해 신권의 우위를 주장하던 그는 1차 왕자의 난 당시 태종 이방원에게 죽임을 당하였다. 그가 600여 년 전에 세운 한성이라는 도시에서 아직 우리는 살고 있는 셈이다. 정도전을 비롯하여 6백 년 동안 도성을 지키던 조상들이 숭례문이 불탔다는 소식을 듣는다면 지하에서도 통곡할 일이다.

태조 7년(1398)에 건립되어 610세의 나이를 자랑하던 숭례문이 그 장엄한 최후를 마쳤다. 두 차례의 왜란과 두 차례의 호란에도 끄떡없이 그 자태를 지켜왔고, 6·25전쟁마저 극복해냈던 숭례문이라는 절대적 가치의 하나를 잃어버린 것이다. 누구 말대로 "단군 이래 지금처럼 잘 살아본 적이 있나?"는 바로 그 시대에 살고 있는 우리에게 숭례문 소실은 치명적인 상실감과 허탈감을 주었다.

누구는 숭례문을 복원하는 데 2년의 세월과 3백억 원의 예산이 필요하다고 한다. 그것도 문화재를 총괄하는 책임을 맡은 부서에서 하는 말이라고 하니 기가 막힐 일이다. 20년의 시간과 3천억 원의 예산이 투입된다 하여도, 한번 불타버린 숭례문은 다시 돌아오지 않는다. 그런 공무원들이 문화재를 관리하고 있고, 토지 보상가가 적다고 하여 창경궁과 숭례문에 불을 지르고 분실한 휴대전화를 찾기 위해 화성의 갈대밭에 불을 지르는 여학생이 있는 한, 우리는 다시 숭례문을 가질 자격이 없다. 헐리는 광화문을 보며 "아! 광화문"을 외친 일본인 야나기 무네요시(柳宗悅)로부터 인류 공통의 문화재를 아끼고 사랑하는 법을 배울 때, 비로소 우리는 다시 숭례문을 복원할 준비를 마친 셈이다. (2008)

하회를 찾아서

온 나라 안이 마치 가마솥에 든 듯 더위가 기승을 부리는 여름의 끝날, 하회를 찾았다. 삼척에서 동해안을 따라 영덕에 이른 후, 주왕산에 들렀다가 청송, 안동을 거쳐 찾은 여정이었다. 늦은 저녁이면 아무 민박집에나 찾아들고, 계곡의 물이 좋은 곳이면 발을 담그고 더위를 피해가는 여행이었다. 또 아침에 눈을 뜨면 핸들을 잡고 지도를 보며 길을 따라, 어떻게 보면 별다른 목적도 없는, 그러나 나에겐 가장 홀가분한 마음에서 혼자 떠난 자동차 여행이었다.

하회는 나의 고향이다. 비록 안동 읍내에서 태어나고, 초등학교도 그곳에서 다녔지만, 하회는 대대로 나의 조상이 살아왔던 곳이요 우리 집안의 집성촌이다. 따라서 바쁜 서울 생활에도 불구하고 자주 하회를 찾곤 한다. 어릴 때 듣던 투박하지만 정겨운 안동 사투리가 편안한 곳이기 때문이다.

풍산에서 하회로 가는 길은 옛 그대로이다. 제법 넓은 풍산 들은 옛 하회의 풍요를 뒷받침하던 터전이었다. 가을이면 풍산 들에서 나오는 벼 가마니가 바리바리 하회로 들어가곤 했다는 얘기를 들은 적이 있다.

그러나 5년 만에 보는 하회는 정말 많이 달라져 있었다. 입구 쪽에는 양복에 갓을 쓴 듯 어색한 모습의 음식점과 토산품점이 늘어서 있었고, 또 동네 어귀에서는 입장료와 주차비를 징수하고 있었다. 얼마 되지 않은 입장료와 주차비가 아까운 것은 아니었지만, 종가를 찾는 지손에게 입장료라니 당치 않다는 생각이 들어 사유를 말하고 주민등록증을 제시하니 그냥 들어가란다.

먼저 큰 종택인 양진당과 작은 종택인 충효당에 차례로 들러 인사를 했다. 나는 충효당 후손이지만 하회를 찾는 이들은 당연히 양진당에 먼저 참배하는 게 옳다는 생각에서였다.

충효당의 종손 류영하(柳寧夏) 씨는 출타하고 없었다. 점심을 하고는 백사장으로 나왔다. 담과 담을 이은 고샅은 옛 그대로인데, 백사장은 전혀 달랐다. 외지인이 경영하는 음식점이 도열하고 있었고, 각종 음료수 자판기가 설치되어 있었다. 웃통을 벗어부친 채 반바지 차림의 젊은이들이 백사장 곳곳을 점령하고 있었다. 마을을 휘감아 도는 강물의 하상(河床)도 높아져서 풍성한 시골의 모습이 아니라 각박한 도심의 변두리에 서 있는 듯한 착각이 들었다. 더욱이 마을 한복판에 우뚝 솟은 새로 지어진 기와집은 온 동네를 굽어보면서 이질감을 드러내 보는 이로 하여금 기분을 언짢게 만든다.

외국에 더러 가본 적이 있다. 유럽은 워낙 도시 전체가 문화재이기도 하지만, 문화재를 보존하려는 그들의 노력은 눈물겨웠다. 도시의 원형을 살리고, 턱없이 비좁은 도로일망정 옛 그대로를 지키고 있었다. 그래서 로마에서는 '미키마우스'라는 아주 작은 자동차가 대단한 인기라 했고, 복잡한 도심을 달리기 위해 스쿠터가 유용하게 쓰이고 있었다.

미국의 역사는 겨우 2백 년이 넘는다. 그럼에도 불구하고, 미국 동부의 거리는 천년의 역사를 간직하고 있는 것처럼 보인다. 그만큼 전통을 지키려고 하는 의식이 강하다. 그러나 우리의 경우는 이와는 다르다. 생활에 불편하면, 당장 건물을 허물고 새로이 짓는다. 도시나 지방이나 덕지덕지 시멘트를 바른 아파트만이 즐비하다. 지역마다의 특색이 사라진 지 오래이다. 이젠 살아가는 모습도 획일화되었다. 어디를 둘러보아도 우리 고유의 문화들이 사라지고 있다는 걸 피부를 느낀다. 이제 우리나라에 몇몇 남아 있지 않은 문화재 가운데 하나인 하회의 모습도 달라지고 있다. 이농 현상으로 빈 농가도 늘어났다.

이제 하회는 더 이상 정겨운 고향이 아니라는 생각이 들었다. 하나의 유원지에 지나지 않는다. 하회는 영남 지방의 반촌

(班村)으로서, 민속의 보존지역이라야 마땅하다. 오랜만에 찾은 하회를 떠나면서 마치 실향민(失鄕民)이 된 듯한 느낌을 감출 수가 없었다. (1995)

사치스러운 실용품

한국화가 안경자 님이 조그마한 연적을 한 개 보내왔다. 거북 모양의 연적인데 청자이다. 길이 7cm, 높이는 4cm의 작은 것이다. 굳이 이름을 붙인다면 구형청자연적(龜型靑瓷硯滴)이라고 할까? 손수 만든 것으로 그림을 배우려고 하는 내게 주는 것이다. 정성이 깃든 마음의 선물이다. 사군자를 배우는 내가 먹을 갈기 위해 컵에다 물을 떠와 벼루에 붓는 것을 보고는 안 되었다고 여겼는지 직접 작품으로 만든 연적 한 개를 보내준 마음에 진정성이 물씬 느껴진다.

연적은 붓, 벼루, 먹, 종이 등 문방사우(文房四友)와 함께 선비에게 없어서는 안 될 필수품 중의 하나이다. 글씨를 쓰거나 그림을 그리기 전에는 벼루에 물을 붓고 먹을 갈아야 하는데, 그 물을 붓는 용구가 바로 연적이다.

원래 중국에서 비롯되어 우리나라에 들어온 연적은 그 모양새에 따라 세 가지로 구분된다. 먼저 필우(筆盂)가 있다. 도자(陶瓷)나 금동(金銅), 옥 같은 재질로 만들어 멋을 부렸지만 단지 물을 담아두는 그릇이라고 보면 무리가 없다. 다음에는 수주(水注)로서, 단순한 주전자 형태였다. 긴 주입구와 뚜껑이 있고 손잡이와 끈이 달려 있는 모양이다. 끝으로 수적(水滴)이라고 하는 것이 있는데, 조그마한 주입구가 있고, 공기구멍이 뚫려 있는 형태이다. 바로 이것을 우리는 연적이라 부른다.

처음 연적은 단순히 벼루에 물을 붓는 역할만이 요구되었다가 차츰 그 형태와 빛깔에 호사스러움을 더하기 시작했다. 연적의 모양은 사각, 육각, 팔각형 등의 단순함에서 거북 모양, 고기 모양, 복숭아 모양, 집 모양으로 형태가 다양해지고, 빛깔은 청자나 백자가 보통이지만 훗날 청자에 상감을 하거나 백자 바탕에 청화(靑華)나 진사(辰砂)로 그림을 그리거나 무늬를 넣기도 했다.

특히 18세기 말엽에는 선비들 사이에 문방 취미가 유행처럼 번지기 시작했는데, 이 무렵부터는 물을 붓는 용구 역할을 하는 연적보다는 크기가 10cm 정도에 가깝고, 개구리 장식을 붙이거나 여러 형태의 유약을 발라 발색한 다양한 연적을 소장하는 일이 잦아졌다. 그걸 문갑이나 사방탁자 위에 놓고 완상용으로 쓰는 경우가 많아졌다.

그러다 보니 사옹원(司饔院) 광주 분원(分院)에서는 완상용 연적을 따로 만들어 벼슬아치들에게 공여하기도 했다. 분원의 작품으로 현존하는 청화백자진사도형연적 같은 작품은 국보로 지정될 만큼 멋진 것이기도 하다.

혹 사치라고 손가락질할는지는 모르겠으나, 단순한 실용품에 불과한 이러한 연적에 표현된 우리 조상들의 미의식이야말로 오늘날 우리들이 계승시켜나가야 할 아름다움의 전통이 아닐까 여겨진다.

작은 것이지만 정성이 가득 깃든 연적을 선물로 받고, 선비의 정신을 배우라고 일깨워주는 안 화백의 마음을 읽는 것 같은 기분에 여름날 하루를 종일토록 옛 선비의 차분한 마음으로 지내기로 하였다. (2004)

우리 선비들의 은일 사상

"계절이 기운 다음에야 송백(松柏)의 푸름을 알 수 있다."

추사 김정희의 〈세한도(歲寒圖)〉는 그가 제주에서 귀양살이를 할 당시의 작품이다. 부러진 잣나무와 그 아래에 의탁한 초막은 자신의 심정을 담고 있다. 고도의 절제와 간결한 상징으로 표현된 담채의 이 작품은 추사의 고아한 성품을 고스란히 전달해준다. 그린 이의 고통은 뒷전에 감춘 채, 다만 눈과 잣나무와 초막의 을씨년스런 분위기가 우리에게 잔잔한 감동을 준다. 만약 추사가 여기에서 자신의 마음을 직접화법으로 표출하였다면, 작품은 격이 떨어지고 만다.

우리 문화의 가장 중요한 주체였던 선비들은 환로에 진출하여, 현실의 정치에 자신의 이상을 반영하고자 하는 욕구를 가지고 있었다. 그러나 환로에 진출할 수 있는 기회는 극히 제한되어 있었다. 공식적인 과거제도를 통하거나 음직(蔭職)으로나 겨우 벼슬자리에 나아갈 수 있었다. 또한 벼슬에 오르더라도 자신의 이상을 실현하기란 그렇게 쉬운 일이 아니었다. 한 조정에는 서로 의견을 달리하는 신하들이 혼재되어 있었다. 이들은 상대방에 비해 정치적 우위를 점하기 위해 정견으로 대립하거나, 아니면 상대를 꺼꾸러뜨리기 위해 온갖 방법을 동원하기도 하였다. 사림파(士林派)와 훈구파(勳舊派)의 대립이 그러했고, 동인과 서인, 남인과 북인, 노론과 소론이 서로 대립하여 정쟁을 일으켰다. 이러한 정쟁이 반드시 당리당략적인 것이 아니라 하더라도 소모적이고 이기적임은 부인할 수 없는 사실이다. 정쟁에서 밀려난 세력은 유배를 떠나거나, 관계를 떠나 초야에 묻혀 지내기 마련이다.

따라서 우리의 옛 선비들은 언제든 초야로 돌아갈 준비를 하고 있었다고 해도 과언은 아니다. 「귀거래사(歸去來辭)」를 읊고, 학문의 세계에 몰입하면서 우리 철학과 사상의 기초를 세웠다. 퇴계 이황은 당초 벼슬에 뜻이 없었다. 여러 차례에 걸친 선조의 부름에 할 수 없이 중앙에 진출하였다가는 다시 향리로 돌아가기를 반복하였다. 그는 향리 토계에 은거하면서 주자학에 관한 철학이론(哲理)에 깊이 빠져들었다. 그는 송(宋) 나라 주자학파의 이론을 발전시켜 이(理)와 기(氣)는 서로 병존(竝存)하며 불리(不離)의 관계에 놓여 있다고 보았으며, 이와 기의 조화를 인간에서 찾았다. 퇴계의 철학은 데카르트(Descartes)의 이론과도 맥이 닿아 있으며, 일본의 철학자 야마사키(山崎闇齋)의 평가에 의하면 주자의 '이기이원론(理氣二元論)'을 뛰어넘는 학설이라고 할 수 있다.

또한 실사구시와 이용후생을 이념으로 하는 실학자 무리들도 대부분 정권에서 소외된 남인 학자들이었다. 『반계수록』을 지은 유형원, 『성호사설』의 이익, 『여유당전서』의 정약용, 『열하일기』의 박지원, 이 밖에 홍대용, 신경준, 안정복, 이덕무 같은 이들은 사회개량주의, 민권주의 등을 주창하였는데, 이 역시 루소의 '사회계약주의'와 일맥상통하는 바가 매우 크다.

은둔이나 은일이란 세상일을 피하여 숨는 것을 뜻한다. 중국의 허부와 소유가 그러했고, 백이와 숙제가 역시 세상을 등지고 살았다. 그러나 그들은 하나의 깨달음을 가지고 있었다. 그것은 권력과 명예 그리고 부라고 하는 존재가 얼마나 덧없는 것인가 하는 깨달음이었다. 노자가 "가장 좋은 것은 물처럼 사는 것[上善若水]"이라고 말한 것처럼, 이 세상을 등진 선비들은 나름대로의 생활 철학을 지니고 있었다. 물을 가까이하고, 산과 하늘의 구름 등과 같은 자연을 가까이하며, 그 사이를 오가는 작은 짐승을 사랑하는 삶이야말로 인간에게 가장 소중한 사실이라는 것을 알고 있었던 것이다. 그러면서도 그들은 자연의 이치에서 인산의 존재를 꿰뚫어 볼 줄 아는 혜안을 찾았던 것이다.

모든 예술 장르는 술을 표현한다. 오드, 발라드, 소네트뿐만 아니라 소설, 영화 등에서 언제나 술은 등장하기 마련이다.

왕년의 명배우 험프리 보가트가 주연한 영화 〈카사블랑카〉는 술과 사랑과 우정이 한데 어우러진 명화로 손꼽힌다. 1940년대 전반의 카사블랑카는 나치의 독재를 피해 미국으로 가기 위해 유럽 사람들이 모여드는 모로코의 한 도시이다. 미국 출신의 릭은 카페 아메리카를 경영한다. 이곳에 레지스탕스 라즐로와 일자 부부가 찾아오고 나치는 이들을 체포하기 위해 혈안이된다. 일자는 릭의 옛날 애인이었지만 마르세유에서 두 사람은이별을 했었다. 릭은 현실과 과거 사이에서 고뇌에 빠진다. 릭은 마음을 달래기 위해 자주 술을 마신다. 그러나 죽은 줄 알았던 남편 라즐로가 탈옥을 하여 자기를 찾아옴으로써 어쩔 수 없이 릭과의 약속을 지키지 못했었다는 일자의 이야기를 들은 후릭은 라즐로 부부에게 미국 비자를 주어 카사블랑카로부터 이들을 탈출시킨다. 이 영화의 주 무대는 카페 아메리카이다. 그안에는 술이 있고, 음악(As Time Goes By)이 있다. 즉 사랑과술과 음악이 절묘하게 어우러진 작품이다.

우리가 시선(詩仙)이라고 일컫는 당(唐)나라의 이백은 언제나술에 취해 살았다. 우리가 그를 시선이라고 부르는 이유는 그가지은 시들의 대부분이 그가 술을 마신 자리에서 즉흥시처럼 불렀다는 사실 때문이다. 그의 작품 「장진주(將進酒)」는 권주가이다. 작품 「월하독작(月下獨酌)」은 달 아래에서 혼자 술잔을 기울이며 달과 그림자를 벗하여 사람들의 인정 없음을 읊은 것이다. 시절은 마침 봄인 터라 꽃이 만발하였는데, 나무 사이에 술 한 단지를 꺼내놓고 대작할 친구도 없이 혼자 술을 마신다. 그러나 이윽고 달이 솟아오르게 되어 달과 나와 내 그림자 셋이서 술을 마실 따름이다. 이처럼 자연과 교유하면서 아득히 먼 은하를 사이에 두고 달과 다시 만날 것을 기약한다.

또 소동파(蘇東坡)는 「적벽부(赤壁賦)」에서 "술을 들어 손님에게 권하여 명월의 시를 읊거나 (시경의)요조지장을 노래하니 얼마 있지 않아 달이 동산 위에 올라 북두칠성 사이를 배회하네."라고 표현하였다. 이 모두 술을 인생 그 자체로서 보았던 것이다.

"한 잔 먹새 그려. 또 한 잔 먹새 그려. 꽃 꺾어 산 놓고 무진무진 먹새 그려."는 선조 때의 명재상 송강 정철의 「장진주사」이다. 그는 당쟁의 회오리에 휩쓸려 부침을 거듭하면서도 우리 문학사에 있어 잊지 못할 시가들을 남긴 인물이다. 송강은 워낙 술을 좋아해 율곡 이이로부터 "술을 삼가고 말을 삼가라."는 충고를 수도 없이 들었지만 죽을 때까지 술을 끊지 못했던 사람이다. 업무 중에도 술을 마셨으며, 선조가 은으로 된 술잔을 하사하면서 "이것으로 한 잔씩만 마시라."라고 하자 그 술잔을 망치로 두들겨 크게 늘린 다음 한 잔씩 마셨다는 일화가 전한다. 이밖에도 송강에게는 술과 관련된 시편들이 허다하다. 그에게 있어 술은 곧 창작의 모티브였던 셈이다.

『금오신화』의 저자 매월당 김시습 역시 대단한 술꾼이었다. 다섯 살 때 이미 천재로 소문난 그는 수양대군이 단종의 왕위를 찬탈하는 것을 보고 평생토록 방랑과 기행으로 한 세상을 지냈다. 그는 술을 마시며 이 세상을 조롱하고, 풍자하였다.

고종 때의 화가 오원 장승업과 술은 서로 떼려야 뗄 수 없는 관계였다. 어려서 고아가 된 오원은 화원인 이응헌의 집에서 심부름을 하며 곁눈질로 그림을 배웠는데, 언제나 술에 취해 살았다. 그러나 그의 천재성을 인정한 고종은 그를 대궐로 불러 병풍을 그리라는 어명을 내린다. 오원은 자주 대궐을 탈출하여 술을 마심으로써 결국 그 병풍은 완성하지 못했다.

근대문학기에 있어서도 많은 시인들이 술을 가까이 했다. 김동인, 현진건, 변영로, 오상순, 양주동, 박인환 등 시인 작가들은 모두 호주가였다. 술과 관련된 일화가 작품보다도 훨씬 많은 지경이다.

우리뿐만 아니라 중국 등 동양의 선비들은 이 세상의 권력이나 명예를 돌보지 않았다. 학문의 근본 목적이 자신들의 이상을 표현하는 것이라는 생각을 가졌지만, 현실은 이상대로만 흘러가는 것은 아니었다. 실력보다는 가문이 우선시되었고, 기회주의자가 판을 치는 세상이었다. 따라서 자연히 선비들은 자연으로 돌아가 은둔의 생활을 즐겼다. 자연과 호흡하면서 자연과 대화하면서, 자연과 서로 술잔을 나눔으로써 자연과의 교감을 나누었다. 이러한 그들의 태도는 자연 사상과 신선 사상(神仙思想)으로 나타나는 도교(道敎)의 영향이기도 하다. 그것이 한편 어찌 보면 패배주의 같은 것이라고 할 수도 있겠지만, 그들은 거기에서만 머무르지 않았다. 세상의 새로운 이치를 깨닫고, 철학의 논리를 세울 줄 알았다. 그리고 그것은 후대 우리들의 또 다른 학문적 지표가 되기에 충분했다. (2007)

제4부

생활의 주변

회한과 부끄러움

　김춘수의 작품 「꽃을 위한 서시」에 "눈시울에 젖어드는 이 무명의 어둠에/추억의 한 접시 불을 밝히고/나는 한밤에 운다"라는 구절이 있다. 그 추억에 어떤 사연이 깃들어 있는 것인지는 확실히 모르지만 회한의 마음을 나타낸 것이리라. 사실 연말이 되어 막상 지나간 한 해를 되돌아보면 누구에게나 남는 것은 회한과 부끄러움밖에는 없다. 그건 나 역시 마찬가지다.

　올해 내내 강의가 있는 날을 제외하고는 거의 대부분을 경기도 이천에 있는 농막에서 지냈다. 조그마한 텃밭에 움막이 한 채 곁들여진 곳이다. 10여 년 전에 아내의 퇴직금으로 마련한 땅이다. 그동안 내 딴에는 열심히 가꾸어 이젠 나무들도 굵어졌고 철철이 피는 꽃들 때문에 제법 계절의 운치를 맛볼 수 있는 곳이 되었다.

금년에도 개나리와 진달래, 철쭉이 그 화사한 색조를 뽐낼 무렵에 밭갈이를 시작하고, 광복절을 전후해서 김장 배추 모종을 내고 무씨를 뿌렸다. 예년처럼 수확한 채소들을 가지고 우리 집과 딸네 집의 김장을 하리라는 기대를 가지고 있었다. 그러나 여름과 가을에 쏟아져 내린 폭우로 말미암아 채소 농사는 엉망이 되고 말았다. 배추는 잦은 비에 뿌리를 채 내리지 못하였고, 무도 일조량이 부족하여 다 자랐다는 것이 고작 어린아이 팔뚝만한 게 전부였다. 10여 년 동안 채소 농사를 지어온 터이지만 금년처럼 그 땀이 제대로 결실을 보지 못한 해는 없는 것 같다.

그러나 잘못된 것이 어찌 농사일뿐이랴 하는 생각이 든다. 2010년 새해를 맞으면서 올 한 해는 그야말로 열심히 책도 읽고 글도 쓰리라 작정했지만, 그 역시 도로에 그치고 만 듯한 느낌이다. 양적인 면에서 본다면 원고를 집필한 것이 시집 서평 2편, 시집 해설 3편, 소설평 2편, 일반 평론 3편이니 결코 적다고는 할 수 없겠지만, 질적인 면에서는 건질 만한 글이 거의 없다는 반성이 앞서는 건 숨길 수 없는 사실이다. 자신의 글은 자신이 가장 잘 아는 법이다. 이처럼 알맹이 없는 글을 왜 썼을까 하는 자책과 더불어 아직도 공부가 많이 모자란다는 것에 스스로 화가 나기도 한다.

소설 창작을 건축에 비유하는 이들이 있다. 설계도를 만들고, 그 설계도에 따라 기둥을 세우고 벽을 바르고 지붕을 이는 일련의 작업이 소설 창작 과정과 건축의 과정이 마찬가지라는 의미에서다. 그렇지만 나는 글을 쓰는 작업을 농사와 비슷하다는 생각을 가지고 있다. 농사는 적기에 파종을 하고 비료를 주고 벌레도 잡아주는 일들을 열심히 해줌으로써 가을에 수확이라는 기쁨을 맛볼 수 있기 때문이다. 물론 세상일 모두가 농사와 별반 다를 게 뭐 있느냐고 말하는 사람들도 있겠지만, 그래도 나는 글쓰기와 농사가 가장 흡사한 면을 지니고 있다고 말하고 싶다. 모든 식물은 사람의 발자국 소리를 듣고 자란다는 말이 있다. 어떤 이는 식물에게 음악을 들려주기도 한다. 그렇게 해줌으로써 수확량이 크게 늘어난다고 한다. 즉 농사를 짓는 일은 단순히 농부의 노동이 아니라 농부와 식물 사이의 정신적 교감을 필요로 하는 작업이다. 이렇게 본다면 언어를 다루는 문인들은 언어와 끊임없는 교감이 필요하다는 생각을 해본다.

금년 농사는 한마디로 엉망이었다. 고구마와 같은 땅속줄기 식물도 물기가 너무 많아 물러졌고, 고추도 익기 전에 떨어지는 지경에 이르렀으며, 김장 배추와 무도 평년의 절반 크기만큼만 자랐을 뿐이다. 이렇게 말하면 남들은 내가 무슨 대규모 농장을 지니고 있나 하실는지 모르지만, 겨우 3백 평 남짓하다. 그래도 10여 년간 손바닥 크기의 텃밭이나마 가꾸어 돈 주고 채소를 사먹은 일이 없었기 때문에 늘어놓는 투정이다. 이처럼 농사를 제대로 짓지 못한 것은 이상기후 탓이라고 하는 이들이 적지 않다. 이상기후는 외부적 요건이다. 그렇다면 농사가 잘되지 않은 게 과연 외부의 조건 때문일까?

글이 제대로 써지지 않은 것이 작가 스스로의 문제라면 텃밭의 채소 농사가 잘되지 않은 것도 텃밭 주인의 잘못이다. 아무리 외부 조건이 나쁘더라도 정성을 다해 뿌리를 다독여주고 배수를 잘해주었더라면 더 많은 수확을 얻을 수 있었던 것처럼, 대상에 대한 좀 더 날카로운 직관과 삶의 본질에 대한 명징한 인식이 있었더라면 풍성한 문학적 성과를 거둘 수 있지는 않았을까. 한 해를 뒤돌아보는 시점에, 내게 남은 건 이런 회한과 부끄러움뿐이다. 다만 내년 이맘때쯤엔 거울에 비친 얼굴이 조금은 더 환해졌으면 좋겠다는 꿈을 가져본다.

농촌은 푸른 전설이 깃든 곳이다. 사람과 동물과 식물들이 한데 엉켜 지내는 곳이다. 필자 역시 그 농촌에서 농사짓듯이 전설의 의미를 캐내는 작업을 다가오는 해에도 계속할 참이다. 내년에는 더 많은 땀을 흘려 농사짓고 그와 더불어 내 마음의 잡초를 뽑아내어 한층 알찬 문학의 수확을 얻었으면 하는 객쩍은 기대를 한다. (2011)

곡, 홍희표 시인

홍희표 형!

9월 22일은 날씨가 아주 투명하도록 맑은 초가을 날씨의 주말이었습니다. 농장에서 채소밭의 잡초를 뽑다가 느닷없는 형의 부음을 들었습니다. 갑자기 눈앞이 막막해 왔습니다. 저세상에서 무어 그리 할 일이 있어 이렇게 바삐 형을 데리고 갔는지 모르겠습니다. 형이 그리도 좋아하시는 계절 가을을 마다하시고 가십니까. 형께서 입원하셨다는 소식도 듣고, 형을 병원으로 가게 만든 놈이 암이라는 소식도 들었습니다. 그래도 워낙 건강하고 긍정적인 삶을 살고 있던 형인지라 병을 훌훌 털고 일어날 줄 알았습니다. 하늘나라에서 홍희표 시인이 쓰일 데가 있었던 모양입니다. 다음 주에 형의 시 전집이 발간되기로 예정되어 있는데, 그 사이를 견디지 못하고 이리도 빨리 가셨습니까. 홍희표

형! 형이 신석초 선생님의 추천으로『현대문학』을 통해 등단한
것은 약관의 나이 스물한 살이었습니다. 그리고 스물두 살의 나
이로 시집『어군의 지름길』을 발간한 이래 대학에서 정년을 맞을
때까지『숙취』『마음은 구겨지고』『한 방울의 물까지』『살풀이』를
비롯하여『하이터치 그리움』까지 모두 열여섯 권의 시집을 냈습
니다. 부지런한 형은 그 누구도 따라갈 수 없을 만큼 왕성한 창
작욕을 과시하였습니다. 시집『어군의 지름길』과『숙취』를 펴낼
당시의 형은 청신한 이미지스트였습니다. 형의 추천작품 가운데
하나였던「아침의 노래」의 한 구절이 생각납니다.

기왓골을 밟고 오는
금발의 숲길을 헤치며
한 마리 새의 몸짓에
목마름 채워주고
달여울 맑음을 향해
나래치는 투망

표현이 매우 쉬우면서도 의식의 이미지화에 심혈을 기울인
작품이라고 말할 수 있습니다. 형의 개성이 고스란히 드러나는
작품이라고 하겠지요. 신석초 선생님도 이 작품을 가리켜 "현대
의식이 서정화됨으로써 단순한 시가풍에서 탈각되어 있다."라고
호평하였습니다. 이런 민중시들은『한 방울의 물에도』『살풀이』

『금빛 은빛』『모두모두꽃』과 같은 시집에 수록되어 있습니다.

그러나 형은 시의 세계에 대한 변화를 시도합니다. 소위 말하는 민중시를 일컫는 작품들이지요. 1980년대는 민중 의식에 대한 새로운 자각이 우리 사회 가득 피어오르는 시기였습니다. 이 무렵 형은 작품에 통일에의 갈망을 표현하기도 하였습니다.

크게 너를 부르지 못하고
크게 너를 부르지 못하고

남산 밑에 대동강아!
북산 밑에 임진강아!

크게 너를 부르지 못하고
크게 너를 부르지 못하고

대답해요 너 사는 데
아리랑 갑갑해 아리랑 갑갑해

형의 작품 「아리랑 갑갑해」의 일부분입니다. 여기에서 형이 크게 부르고자 한 것은 민족의 통일이었습니다. 전쟁의 상처와 분단의 비극은 형처럼 감수성 짙은 시인에겐 견디지 못할 아픔이었을 것입니다. 그러면서도 통일에 대한 논의조차 허락되지 않은 시대를 살아가는 시인의 아픔을 토해낸 작품임을 우리 모두는 알고 있습니다.

형은 대전에서 태어나서 잠시 동안의 서울에서의 대학시절과 교편생활을 뒤로하고 다시 대전으로 내려가 목원대학교에서 후학을 지도하면서 일생의 대부분을 고향에서 지냈습니다. 대전은 형의 시의 토양이자 영원히 간직해야 할 고향입니다. 그만큼 형은 대전을 사랑하고, 대전의 문학을 사랑하고, 대전의 문우들을 사랑하였습니다. 그 증거로 형은 박용래 시인과 송유하 시인을 향한 사랑을 노래했습니다.

>오정골에서 태어난
>우리 한밭의 이름난 시인
>은진 송씨의 유하
>오, 주발에다
>하늘을 담자는
>파란 꽃은 파란 꿈꾸고,
>오, 주발에다
>엄니 손길 담자는
>빨간 꽃은 빨간 꿈꾸고,
>어느 날 잡지 편집쟁이가
>싫어, 싫타
>막걸리 퍼마시다
>노래 노래 자지러지듯
>빙폭의 탄압을 견디다가

객지 김포 논두렁에서

코 박고 이승 떠난

꽃의 민주주의 시인이여!

이 작품 「오, 주발에다」는 형이 보문고등학교와 동국대학교 동창인 시인 송유하의 부음을 듣고 쓴 작품입니다. 어릴 적부터 서로 누가 시다운 시를 쓰느냐며 키재기를 하던 친구 사이였지요. 비슷한 시기에 문단에 나왔고 어려운 가운데 출판업을 하던 송유하 시인의 급서 소식을 들은 형은 어린아이처럼 순수한 감성과 아름다운 눈빛을 지녔던 그를 새삼 그리워한 것이지요. 형은 계속해서 고향 대전의 풍광과 언어를 잊지 못하였습니다.

형이 떠난 다음 날인 9월 23일 12시 20분, 수원역에서 부산행 새마을호 열차를 탔습니다. 대전에 가기 위해서였습니다. 마침 일요일인지라 제법 손님이 많았습니다. 초가을의 밝은 햇빛이 코끝을 간질이고 있었습니다. 이른 점심을 먹은 터라 가볍게 졸음이 왔습니다. 그러나 문상을 하기 위한 길인지라 억지로라도 졸음을 참아야 했습니다. 기차 안에서 남이 보기에도 흉이 될 듯한 졸고 있는 내 모습을 먼저 하늘로 떠난 친구가 본다면 어쩔까 싶어서였습니다.

"홍희표 시인 사망. 충남대부속병원 영안실. 발인 9월 24일 오전 8시."

어제 받은 휴대전화의 문자 메시지를 다시 들여다보았습니다. 병상에 누워 있다는 이야기를 듣기는 했지만 이렇게 일찍 가다니, 너무나도 허망하였습니다. 형과 저는 병술생 개띠 동갑내기입니다. 아마 제가 생일이 몇 달 빠르지요. 그렇지만 형께서는 만학인 저에 비해 까마득한 대학 선배였습니다. 그리고 문단에서도 한참을 우러를 대선배였습니다. 그래도 형께서는 "류형! 류 형!" 하시면서 저를 격의 없는 친구로 대해주었지요.

흰 국화 한 송이 올리고 향을 사르며 형의 명복을 빕니다. 형은 꽃으로 장식된 액자 가운데에서 근엄한 표정으로 저를 맞이했습니다. 마치 죽음은 생의 끝이 아니라 또 다른 생의 시작이라고 형께서 말하는 것처럼 보였습니다. 그런 가운데 부인 이숙희 여사와 아들 성균 군의 상복이 왜 그리 서러워 보였는지요.

슬그머니 영전을 빠져나와 하늘을 쳐다보았습니다. 자칫 상주 앞에서 눈물을 보일까 봐 염려가 되어서였습니다. 병석에 누워 있는 동안 한 차례도 문병 오지 않은 입장인지라, 새삼 눈물을 보이는 것도 민망한 일이었으니까요.

초가을이라 하기엔 아직도 더위가 남아 있는 날, 대전의 시인 홍희표 형은 그렇게 저세상으로 떠났습니다. 아직도 이승에서 할 일이 태산 같은데, 저승에서도 시인 홍희표 형이 맡아 할일이 있었던 모양입니다. 왜 그리 저승 가시는 길이 급했는지 모르겠습니다.

형이 즐겨 썼던 선시 한 구절이 생각납니다.

봄이 오면 꽃피고
여름 오면 가지 치듯
일체 변하는 법은
본래 실체가 없다

형의 작품에 비추어보면 본래 우리 모두는 실체가 없는지도 모르지요. 그러나 인간의 실체가 있건 없건 예순여섯 해를 이 승에서 살다 떠난 시인 홍희표 형의 수많은 작품들은 우리 곁에 엄연히 실존하고 있습니다. 술 한 잔 마시고 호방한 웃음을 터뜨리던 형에 대한 기억과 함께 말입니다. 홍희표 형이여, 저세상에서 가시어 박용래 형과 송유하 형, 선원빈 형, 정의홍 형, 신용선 형 등 여러 시인들과 함께 어울려 역시 호방한 웃음을 터뜨리며 술 한 잔 하시기를 바랍니다. 우리의 친구 홍희표 형이시여, 삼가 명복을 빕니다. (2012)

정신과 의사가 바라본 세상

미국 로스앤젤레스에서 정신과 전문의로 일하는 의사 이원 택 군은 필자와 10대 시절부터의 친구이다. 경복중과 경복고 6년을 함께 다녔을뿐더러 문예반에서 문학의 꿈을 키우던 친구이다.

경복고 재학 시절 문예반원으로는 우리 두 사람 이외에 신근수, 신용우, 정광진, 박종원 군 등 여섯 명이 주요 멤버였는데, 신근수 군은『동아일보』와『조선일보』신춘문예 희곡 부문에 당선한 희곡 작가로 고려대 불문과를 졸업한 다음『서울신문』기자를 거쳐 지금은 불란서 파리에서 플랭이라는 호텔을 경영하고 있다. 고교 시절엔 재치가 번뜩이는 미소년으로 영화 〈웨스트사이드 스토리〉에 나오는 배우 조지 차키리스를 닮았다는 소리를 들었다. 모국어로 된 작품 발표의 욕구를 어떻게 억누르고 있는지 궁금하다.

신용우 군은 서울대 의대를 마치고 현재는 단국대 의대 피부과 교수로 재직 중이다. 재학 시절 시를 잘 쓰던 과묵한 친구였다. 정광진 군은 고려대 사회학과를 졸업한 다음 미국으로 건너가 어려움 끝에 사업에 성공하여 소위 말하는 백만장자가 되었는데, 이원택 군과는 이웃에 살고 있다. 시 공부를 하던 박종원 군은 서울대 공대를 졸업하고 개인 사업을 하다가 IMF 사태 이후 고전을 면치 못했는데, 몇 년 전 유명을 달리하여 주위의 안타까움을 사고 있다.

한편, 재학 시절 소설을 공부하던 이원택 군은 서울대 의대를 마치고 미국으로 건너가 30년이 넘는 세월 동안 그곳에서 의사로 일하고 있다. 그러고 보니 고교를 졸업하고도 대학에서 국문학을 전공하고, 그걸로 밥을 먹는 이는 필자 하나뿐인 셈이다.

이원택 군과 필자는 여러 가지에서 공통된 점이 많다. 먼저, 두 사람 모두 시골 출신이라는 점이다. 그의 고향은 경기도 파주이고, 필자의 고향은 경상도 안동이어서 둘 다 촌놈 신세를 면치 못하였다. 아마도 서울 친구들과 잘 어울리지 못했던 것이 문학의 꿈을 갖게 된 이유가 아니었을까? 다음으로는, 두 사람 모두 주변으로부터 미련하다는 소리를 들을 만큼 우직한 성격을 지니고 있다는 점이다. 그렇지만 그는 전교에서 1, 2등을 다투는 수재인 데 반해 필자는 전혀 그렇지 못했다는 차이점을 가지고 있다. 그러고 보면 정말 미련한 이는 필자 한 사람뿐인 모양이다.

현재 한 사람은 미국에서 살고 있고, 한 사람은 한국에서 살고 있지만 멀고 먼 거리를 벗어날 만큼 우리는 서로에 대한 우정을 지금껏 간직하고 있다. 그가 미국에서 한국에 들어오면 반드시 필자를 찾아 함께 막걸리 잔을 기울이고, 필자 역시 미국에 갈 기회가 있으면 그를 찾아가서 신세를 지곤 했다. "유붕자원방래 불역락호(有朋自遠方來 不亦樂乎)"와 같은 사이라고나 할까?

이런 친구 이원택 군이 2006년에 와서야 첫 수필집 『만화경』을 상재한다. 오랫동안 의사로 일하면서도, 어린 시절 지니고 있던 '글쟁이'로서 꿈을 버리지 못한 탓인지 그동안 여러 신문 등에 글을 발표했던 모양이다. 이런 글을 모아두었다가 이번에 묶어내는 『만화경』은 이러한 꿈의 결정체이다.

내용상 모두 7부로 나누어진 『만화경』에는 정신과 의사가 바라보는 세상 사람들의 삶의 모습이 담겨 있다. 그리고 그것은 일반인으로서는 잡아내기 어려운 시선으로 바라본 세상살이에 관한 이야기들이다.

제1장 '현미경'은 정신과 의사로서 환자와의 만남에서 비롯된 이야기들이 주를 이룬다. 정신과 환자를 다룬 이야기인지라 내용이 어둡지 않을까 하는 우려를 불식시켜주는 이야기들이

주를 이룬다. 아니 어둡기는커녕 오히려 유쾌하기조차 하다.

그동안 신문이나 방송 등 대중매체에 의해 고등교육을 받은 소
비자들이 전문의를 아주 까다롭게 선택하고 있고 의사들로서도
무슨 전문의라는 상업주의에 편승하거나 어느 분야의 대가가 된
다는 자만심, 편의주의 또는 날로 심각해지는 의료소송 때문에 의
사의 전문화가 날로 가속화되고 있다.
　심지어 어떤 의사는 환자가 "오른쪽 콧구멍에 종기가 났는데
요." 하면 "예, 저는 왼쪽 콧구멍 전문의니까 다른 데로 가보시지
요." 하고 자기 주가를 올리거나 푼돈 환자들을 따돌리는 경우가
없다고 말할 수도 없다.

－「좌비공 전문의」

이 글은 유머와 함께 풍자를 섞어 전문의만을 찾는 요즘의
세태를 그려주고 있다. 의사들이 흔히 지니게 되는 의사로서의
자만심, 그리고 편의주의와 상업주의에 편승된 그들의 세계를
잘 그린 내용이라고 할 수 있다.
　제2장은 노인 이야기이다. 저자 이원택 군은 노인 정신과 전
문의이다. 노인들은 신체적 질병 이외에도 여러 가지 정신적 질
환에 시달린다. 더욱이 평균수명이 늘어나는 현금에는 노인의
정신적 질환이 우리 사회의 큰 이슈로 등장했다. 치매와 죽음
등 노인들이 맞이하는 질환과 관련된 이야기가 주를 이룬다.

제3장 '졸보기'는 인간에 관한 이야기라는 부제를 달고 있다.
「당랑거철」 등 저자 자신의 이야기를 비롯해서 「대통령의 쌍꺼풀 수술」, 「황우석 유감」과 같은 이 시대에 일어난 사건에 대한 소회를 말하는 내용들이 적지 않다. 특히 「우리 시대의 문형」을 보면 황석영, 이문열, 조정래, 김주영 등 이 시대를 대표하는 작가들의 글을 필자가 얼마나 열심히 읽고 있는지, 또 얼마나 큰 애정을 갖고 있는지를 잘 보여준다.

제4장 '망원경'은 여행기이다. 저자는 여행을 좋아한다. 영국, 이탈리아, 러시아 등 유럽 지역은 물론 멕시코, 페루 등 남미를 다니면서 감상을 기록한 글이다. 그러나 단순한 감상문에 머무르지 않는다.

고대 로마의 건축물이나 신전들은 다신교를 믿었으므로 후세에 기독교가 들어온 후 우상을 파괴하는 과정에서 그 웅장하고 휘황찬란했던 석재며 대리석을 모조리 뜯어다가 일부는 성당을 짓고 또 일부는 자기 집 정원을 꾸몄다는데, 이러한 파괴행위에 정당성을 부여하는 것은 현대에 만연하는 자살 테러 행위와 무엇이 다르겠는가?

이것은 예리한 문명 비평이다. 그의 여행기는 이러한 문명 비평으로 가득하다. 페루의 옛 터전에서도 멕시코의 신전에서도 그는 사라진 역사와 문명에 대한 애틋함을 숨기지 않는다.

제5장 '쌍안경'은 사랑 이야기이다. 저자는 「정신적 남편」이나 「빵만으로 살 수 없다」에서 현재를 사는 부부들의 성 풍속도를 치밀하게 그리고 있다. 특히 젊은이들의 결혼 양상에 관해서 많은 관심을 기울인 「실험 후에 결혼한다구요」와 「알이냐 꿩이냐」는 그 발상 자체가 매우 흥미롭다. 말미에 붙인 「성욕자아론」은 본격적인 에세이다. 프로이트의 견해를 인용한 이 글은 저자의 주된 관심이 어디에 있는가 하는 물음에 대한 답변인 셈이다.

저자는 촌놈이라고 했다. 그런데 그 촌놈 기질은 30여 년을 미국에 살면서도 전혀 버리지 못한 모양이다. 그는 로스앤젤레스 교외에 3에이커에 달하는 집이 있고 한때 빅 베어에 별장을 가지고 있었다. 그리고 틈만 나면 직접 정원을 가꾸고 채소를 심었다. 어떨 때는 고국에서 감나무 모종을 사다가 정원에 심기도 했다. 그 때문에 벌어진 에피소드들이 제6장 '투시경'에 고스란히 담겨 있다. 부인과 딸은 그의 촌놈 기질을 못마땅하게 여긴 모양이다. 그 갈등까지도 솔직하게 글에 담았다. 우리는 이 글들에서 그의 우직함과 순박함을 맛본다.

제7장 '색안경'은 시 작품이다. 고교 시절 소설을 공부하던 그가 틈틈이 시를 썼던 것 같다. 그의 시 역시 자연에 대한 예찬이 주를 이룬다.

이년 전 빅 베어에 큰 산불이 났을 때
우리는 한 쌍의 자웅 되어 밤새껏 정열을 태우다가
공중에서 살포된 소염제가 너를 질식시키고
나는 그만 비겁자 도망자가 되었구나.

일년이 지난 후, 너의 그 곱던 얼굴은 만신창이가 되고
피눈물 흘러내린 볼에는, 험상한 골이 파였는데

이년이 지난 오늘 이 자리에 와서 보니 온갖 상처는
새살이 돋아나듯 말끔히 지워지고 타고 남은 재가 거름되어
곳곳에 피어난 야생화는 온통 자줏빛이어라.

－「불탄 자리에 와서」

   그의 자연 사랑은 단지 사랑에 그치지 않는다. 그것은 자연과의 교합이다. 따라서 "한 쌍의 자웅 되어" 정열을 불태우는 일이다. "만신창이"이던 그의 분신은 어느새 "새살"이 돋고 자줏빛 야생화들이 곳곳에 피어 다시 한 번 교합할 수 있는 존재로 되살아 난 것이다. 이제 저자는 빅 베어의 자연과 사랑을 나누게 될 것이다. 이 자연 사랑이 저자가 오랜 미국 생활의 간난을 이겨낸 원동력이다.

   이원택 군은 자신의 첫 수필집을 꾸미면서 필자더러 발문을 부탁해 왔다. 그것은 오랜 생활 우의를 지켜온 친구에서가 아닌

촌놈이 촌놈을 알아보는 동류 의식에서가 아닐까 생각해본다. 필자 역시 주말이면 경기도 이천에 있는 작지만 필자 소유의 농지에서 배추와 고추 농사를 짓는다는 사실을 그가 알고 있기 때문이다. (2007)

소설가 이청준

하루 종일 무더위에 시달리던 7월의 끝 날에 소설가 이청준 씨가 타계하였다. 작년에 폐암 선고를 받고 투병하다가 마침내 영원한 안식의 세계로 떠난 것이다. "소설가 이청준" 하면 낯선 이들이 많겠지만, 임권택 감독이 만든 영화 〈서편제〉와 〈천년학〉, 그리고 이창동 감독이 만든 영화 〈밀양〉에 관해서는 모두 잘 알 것이다. 이 영화들의 원작 소설이 모두 이청준 씨의 작품이다.

금년에는 유난히 많은 문인들이 죽음을 맞았다. 시인 유경환, 송명호 씨가 이 세상을 떠났고, 지난 5월 5일에는 『토지』의 작가 박경리 씨와 시인 신용선 씨가 유명을 달리하였다.

소설가 이청준 씨는 우리 시대가 낳은 크나큰 작가 가운데 한 사람이다. 1939년 전남 장흥군 대덕면 진목리에서 출생한 그는 1960년 광주제일고등학교를 거쳐 1966년 서울대학교 독문과를 졸업하였다. 대학 재학 중 김승옥, 강호무, 김현, 곽광수와 더불어 '산문시대' 동인으로 활동하였다. 1965년 단편「퇴원」이 제7회『사상계』신인문학상에 당선되어 문단에 나왔으며 2년 후「병신과 머저리」로 동인문학상을 받았다. 그는『사상계』와『여원』등 출판계에 종사하다가 그만둔 후 전업 작가로 활발하게 활동하여왔으며, 대표적인 창작집으로『별을 보여 드립니다』『소문의 벽』『조율사』『가면의 꿈』『자서전들 쓰십시다』『예언자』등이 있으며 장편소설로는『당신들의 천국』『춤추는 사제』『자유의 문』『인간인』등이 있다. 그는 뚜렷한 개성과 작가 정신을 인정받은 소설가로서, 동인문학상, 문화예술신인상, 이상문학상, 한국창작문학상, 중앙문예대상, 대한민국문학상, 이산문학상 등을 수상하기도 했다.

이청준의 소설에서 다루고 있는 삶과 현실은 대단히 다양하다. 그가 그리는 세계는 첫째,「줄」「매잡이」「과녁」「줄광대」등에서 볼 수 있는 전통적인 장인에 속하는 사람들의 비극적인 삶, 둘째,「빈 방」「황홀한 실종」「퇴원」과 같은 작품에서 볼 수 있는 것처럼 과거의 어떤 정신적인 상처가 개인의 정신적·생리적 이상현상을 일으킨 삶, 셋째,「서편제」「남도 사람들」「선학동 나그네」등 남도의 '소리'를 중심으로 전해져 내려오는 세계, 넷째, '언어사회학 서설'이라는 부제가 붙은「떠도는 말들」

「자서전들 쓰십시다」「지배와 해방」「다시 태어나는 말」 등의 작품에서 볼 수 있는 '말'의 상실 및 추구의 세계, 다섯 번째가「개백정」「뺑소니 사고」 등에서 볼 수 있는 폭력적인 현실의 체험 등으로 구분될 수 있다.

작가의 고향은 장흥읍에서 솔티재를 넘어 천관산(天冠山)을 지나야 한다. 하늘에 관을 씌운 모습이라고 해서 지어졌다는 이 산은 어찌 보면 운명적으로 작가를 탄생시키기 위해 존재한다고 돌려 설명해도 괜찮을 성싶다. 작가 이청준 말고도 한승원, 이승우 씨 같은 출중한 작가들이 모두 이 고장 출신이다. 그것도 진목리에서 5분, 10분 거리인 천관산의 기운과 무관치는 않을 것이다.

이청준 씨와 나는 한때 반포동 주공아파트에서 이웃으로 산 적이 있다. 하루 시내에서 함께 저녁을 먹고 귀갓길에 동행하면서, "류 형! 요즘 아파트 값이 이렇게 천정부지로 뛰니 글이 잘 안 써져."라고 말한다. 이 말은 가만히 앉아 있어도 부동산 값이 오르니, 고통스럽게 글은 써서 무엇하는가라는 자문이다. 그러나 필자는 그 말의 속뜻을 알 수 있었다. 이청준 씨는 우리 시대 지식인이 안고 살아야 하는 고통에 진실로 가슴 아파하던 작가이다.

이청준 씨와는 또 다른 인연이 있다. 1973년의 일로 기억된다. 소설가 황석영 형이 늦깎이 대학생이던 나를 찾아서 학교에 왔다. 황석영 형은 수필가 전숙희 씨가 잡지 창간을 계획하고 있는데, 자신이 주간을 맡고 나더러 편집부장을 맡아달라고 했다. 나의 잡지 편집 솜씨를 인정한 것이다. 잡지의 제호는 『시민문예』로 정했고, 월간으로 간행하기로 했단다. 그러면서 나더러 학교를 휴학하라고 권했다. 마음이 솔깃하여 동참하기로 마음먹었다. 대학이 늦었으니, 사회생활이라도 일찍 시작하고픈 마음에서였다. 그래서 매일처럼 문인들보다는 표지화를 그려줄 화가들을 만나러 다녔는데, 이 무렵 정찬승, 김기동, 박길웅, 여운, 정강자 등 주로 홍익대 출신의 화가들과 교류를 가지게 되었다. 그러나 전숙희 씨가 마음을 바꾸어 편집진을 교체했는데, 주간은 이청준 씨, 편집부장은 정병규 씨가 맡았다. 그래서 『소설문학』이 탄생되었다.

나는 이청준 씨가 폐암을 앓고 있다는 소식을 듣고 그가 병마를 이기고 다시 좋은 작품을 가지고 독자 곁으로 돌아오길 기원했지만, 마침내 아홉수를 넘기지 못하고 저세상으로 먼 길을 훌쩍 떠나고 말았다. 그러나 그의 소설이 우리 문학사에 남긴 뚜렷한 족적은 예순아홉의 세월을 뛰어넘어 우리 문학의 한 전범으로 남을 것이다. (2008)

드레퓌스 사건

　오래전에 〈빠삐용〉이라는 영화를 본 적이 있다. 프랭클린 셰프너가 감독하고 스티브 매킨과 더스틴 호프만이 주연한 영화다. 이 영화에서 가슴에 나비 문신을 한 탓에 '빠삐용'이라고 불리는 주인공(스티브 매킨 분)은 살인 혐의를 받고 있었고 드가(더스틴 호프만 분)는 지폐를 위조한 죄로 체포되어 남미의 프랑스령 적도 부근의 기아나로 유배형에 처해진다. 두 사람은 죄수 수송선에서 만난다. 시간이 지나면서 빠삐용과 드가 사이에는 짙은 우정이 오가고 둘은 탈주 계획을 세우기 시작한다. 빠삐용은 자신을 범인으로 몰아붙인 검사에 대한 복수 때문에, 드가는 아내에게 당한 배신 때문에 탈주를 하기로 한다. 그러나 첫 번째 탈주에서 이들은 실패하여 무시무시한 독방에서 2년을 보내게 되며 빠삐용은 다시 탈주를 시도하여 겨우 콜롬비아에

도착하여 지내다가 수도원의 원장에게 속아 다시 세인트조세프의 독방에서 5년을 보내게 된다. 이런 중에도 드가의 우정은 빠삐용에게 용기를 준다.

빠삐용은 여러 차례 탈옥을 시도하였고, 그때마다 실패를 거듭하여 마침내 '악마의 섬'이라는 곳에 이배된다. 그곳에는 이미 드가가 와 있었다. 악마의 섬은 사방이 깎아지른 절벽으로 되어 있고, 파도가 심해 아무도 탈출할 수 없는 곳이었다. 빠삐용이 그 섬에 도착하여 바위에 앉아 우두커니 바다를 바라보고 있을 때, 드가가 다가와 그곳이 '드레퓌스 바위'라고 일러준다. 바로 드레퓌스가 그곳에 앉아 12년간 하염없이 먼 수평선을 바라보던 장소라는 뜻이다. 빠삐용은 또다시 탈주를 계획하나 드가는 빠비용과 함께 떠날 수 없는 입장이다. 끝까지 자유에의 꿈을 버리지 않은 빠삐용은 수십 미터의 벼랑으로부터 야자열매를 채운 자루와 함께 바닷속으로 뛰어들어 마침내 탈옥에 성공한다.

1870~1871년 사이에 일어난 프랑스와 프로이센의 보불전쟁에서 프랑스는 굴욕적인 패배를 당했고, 프랑스는 프랑크푸르트조약에 의해 알자스로렌 지방의 할양과 50억 프랑이라는 전쟁 보상금을 프러시아에 건넬 수밖에 없었다. 알자스로렌 지방의 비극을 그린 소설이 바로 알퐁스 도데의 단편 「마지막 수업」이다. 전쟁 결과 프로이센의 비스마르크는 3백이 넘는 독일

연방을 통일하였고, 독일제국은 유럽의 강대국으로 태어났다. 자존심 강한 프랑스 국민들은 독일제국에 대한 복수심을 불태우고 있었다.

드레퓌스 사건은 1894년에 일어났다. 파리에 있는 독일대사관에서 청소를 하던 아주머니가 종잇조각을 주웠다. 그것은 프랑스가 비밀리에 개발한 120mm 대포의 유압장치 설계도와 포병의 재배치도 등 군사기밀 서류였다. 당연히 그것은 프랑스 군 당국에 보고되었고, 군 당국은 필적 감정을 하여 알자스 출신의 드레퓌스 대위를 첩자로 체포하기에 이르렀다. 드레퓌스는 자신의 무죄를 주장하였지만, 그는 이등병으로 강등되어 악마의 섬으로 종신 유배를 떠났다. 드레퓌스가 체포된 다음에도 프랑스의 군사기밀은 계속 독일로 유출되고 있었고, 1년 뒤 군 당국은 자체 조사 결과 귀족 출신의 한 소령이 첩자라는 사실을 밝혀냈다. 그러나 군 당국은 드레퓌스를 범인이라고 고집하였다.

『나나』『목로주점』 등으로 유명한 프랑스 소설가 에밀 졸라는 우연한 기회에 드레퓌스 사건의 진상을 알고 나서 프랑스 펠릭스 포르 대통령에게 드레퓌스가 부당한 누명을 썼다는 사실을 밝히는 「나는 고발한다」라는 글을 써서 1988년 1월 13일자 『로로르』 신문에 게재하였다. 다만 진실을 알리기 위한 노력에서였다. 이 글로 말미암아 에밀 졸라는 심각한 사회 폭력과 비난 여론에 휩싸였고, 견디다 못한 그는 영국으로 망명하였다. 그는 영국에서 자신의 의견에 동조하는 이들과 함께 드레퓌스 구명운동을 벌였고, 이로써 유럽의 지식인 사회는 에밀 졸라를 지지하는 세력과 프랑스 국가를 지지하는 세력으로 양분될 정도였다. 에밀 졸라는 1902년 몰래 프랑스로 귀국하여 파리에서 죽었다.

드레퓌스가 범인으로 조작된 데에는 몇 가지 이유가 있다. 우선 그가 프랑스 국민이 아니라 유대인이라는 점이었다. 기독교인들은 예수를 빌라도 총독에게 팔아넘겨 죽음에 이르게 한 이들이 유대인들이었다는 것을 이유로 유대인을 극도로 싫어한다. 2차 대전 당시 6백만 명이 넘는 유대인들이 나치에 의해 학살된 것도 여기에서 연유한다. 다음으로는 기밀문서에 쓰인 필적이 그의 것과 비슷하다는 이유에서이다. 그러나 필적은 재판 당시 그의 것이 아니라는 감정 결과가 이미 드러났다. 단지 프랑스는 보불전쟁의 패배로 인해 악화된 여론을 잠재울 필요에 의해 드레퓌스 사건을 조작해낸 것이다. 다시 말해 드레퓌스는 프랑스 국익을 위해 필요한 희생양이 된 셈이다.

여기에서 우리는 '좌익'과 '우익'이라는 용어를 떠올린다. 개인보다는 국익을 먼저 생각하는 이들을 우익이라고 한다면, 개인의 인권이 무엇보다도 우선되어야 한다고 보는 태도가 좌익을 대변한다. 좌익과 우익은 서로를 비난하며 헐뜯는다. 그렇지만 새가 창공에 높이 떠올라 앞으로 날아갈 수 있는 것은 왼쪽 날개(左翼)과 오른쪽 날개(右翼)이 함께 있기 때문이다. 그것이 역사의 발전이다.

에밀 졸라가 죽은 후 4년 뒤에 드레퓌스는 명예 회복과 동시에 대위로 다시 복직된다. 지금으로 꼭 1백 년 전인 1906년 7월 12일의 일이다. 프랑스 대통령은 드레퓌스 복권 1백 주년을 맞아 "드레퓌스 사건이 프랑스를 강하게 만들었다."라고 말했다. 그러나 우리 사회는 아직도 세대 간, 계층 간의 불관용과 증오가 도사리고 있어 역사 발전이 저해되고 있는 듯하다. (2006)

가정과 국가

1995년 겨울 나는 이웃 나라 일본의 대학 교육제도를 살피기 위해 바다를 건너간 적이 있었다. 대학 방문 시찰단의 일원으로 도카이(東海)대학, 쓰쿠바(筑波)대학을 비롯하여 일본의 정규대학과 단기대학 등 여러 곳을 방문하여 둘러볼 좋은 기회였다.

당시 나는 도쿄의 유흥가로 알려진 신주쿠(新宿) 부근의 한 호텔에 묵고 있었는데, 밤이면 신주쿠의 거리를 구경할 수 있었다. 그러나 당시 나에게 강한 충격을 준 것은 선진화된 일본의 대학 제도나 규모도 아니었고, 신주쿠의 화려한 네온사인도 아니었다. 내게 충격을 준 것은 호텔에서 신주쿠 역으로 가는 긴 지하도에서 보았던 노숙자들의 집단이었다. 노숙자들은 종이상자를 이용해서 겨우 몸을 누일 만한 공간을 만들고, 그 속에서

숙식을 해결하고 있었다. 그 무렵 일본은 거품경제로 말미암아 대단한 호황이었다. 그런 일본에서 보았던 초라한 노숙자의 집단은 커다란 충격으로 다가왔다.

그렇지만 그 충격은 우리나라가 IMF 관리 대상국이 되면서 사그라질 수밖에 없었다. 일본의 현실이 10년도 되지 않아 우리 현실로 다가왔기 때문이다. 거리마다 많은 노숙자들이 보였다. 멀쩡한 시민들이 직장과 가정에서 밀려나와 도심의 지하도나 역 구내에서 잠을 자고, 식사는 무료급식소에서 해결하는 노숙자 무리가 된 것을 보면서 저들에게 가정이나 국가의 의미는 무엇인지 생각해보았다.

가정은 가족이 모여 즐겁게 쉴 수 있는 장소이며, 가족은 기쁨과 고통을 함께 나누며 평생을 함께하는 이들이다. 가족이란 한번 관계를 맺으면 영원히 지속되는 존재이다. 자신이 아무리 부인한다고 해도 부모 자식의 관계란 바뀔 수 없다. 그래서 부모와 자식은 서로 소중하고 귀한 존재이다.

물론 우리는 국가를 선택해서 태어날 수 있다. 미국처럼 속지주의를 택하는 곳에서는 어느 나라 국민이든지 미국에서 태어나기만 하면 미국 국적을 부여한다. 이런 이유에서 우리 국민 가운데 비록 소수이긴 하지만 꽤 비싼 경비를 들여 미국으로 건너가 원정 출산을 하는 사람도 있다고 들었다. 그러나 대부분의 국민은 우리나라에서 태어나고, 자연스럽게 우리 국적을 갖게 마련이다.

한 가족이 개인에게 주어진 삶이 숙명적이라면, 국적 역시 국민에게 주어진 숙명임을 부인할 수 없다. 그런데 요즘 숙명이 싫어 국적을 바꾸겠다는 사람들이 있어 사회의 이슈가 되고 있다. 한국 국적의 남자이면 누구에게나 병역의 의무가 있다. 그 병역 의무가 싫다는 것이다.

우리나라 국적법에 의하면 앞으로는 병역 의무를 마쳐야 대한민국 국적을 포기할 수 있도록 규정되어 있다. 이후 병역 의무를 기피하기 위한 국적 포기는 인정되지 않는다. 그 결과 많은 사람들이 국적 포기 신청을 한 모양이다. 국내에서만 1,820명, 재외 공관에 신청한 사람까지 합치면 상당수에 이를 것이다. 이들의 국적 포기는 군대에 가지 않기 위한 것임은 두말할 필요도 없다. 1,820명 중 대부분이 남자라는 것과, 한 집안에서 아들과 딸이 나란히 미국 국적을 가지고 있었는데, 아들만 국적 포기를 신청한 것을 보더라도 그것은 명백한 사실임에 틀림없다.

그런데 문제는 이들 국적 포기자의 보호자가 우리 사회의 지도층 인사라는 점이다. 그 가운데 교수가 27명이나 포함되어 있다는 사실이 스스로를 부끄럽게 만든다. 전남의 모 대학에서는 두 명의 교수 자녀가 국적을 포기했는데, 이를 두고 학생들의 수강 거부 움직임까지 있었던 모양이다.

몇 년 전 일이다. 미국 시민권을 가진 한 연예인이 미국 국적을 버리고 군에 입대하겠다는 팬들과의 약속을 저버리자 그에 대한 비난 여론이 들끓었고, 그 연예인은 정부에 의해 재입국이 거부된 채 미국에 살면서 한국을 비난하며 지낸다고 들었다.

어떤 이는 국적은 선택 사항이라고 말한다. 따라서 그것은 개인의 문제이지 주위에서 왈가왈부할 성질이 아니라고 항변하기도 한다. 그런데 우리의 경우 한국 국적을 가진 남자라면 누구나 병역 의무를 진다는 사실이 이번 대규모의 국적 포기 사태가 눈총을 받는 이유이다. 우리 젊은이들은 기꺼이 병역 의무를 지기 위해 입대한다. 그것은 대한민국 국민으로서의 의무를 다함으로써 국민의 권리도 행사할 수 있다는 가장 기본적인 사실을 잘 알기 때문이다.

우리가 세상에 태어나면서 반드시 짊어져야 할 것이 있는데 그것이 바로 통과의례이다. 옛날에는 통과의례로 관혼상제를 꼽았지만, 현대의 통과의례는 조금 개념이 다르다. 우리 삶에서 교육을 받고, 직장을 구하고, 결혼을 하는 과정은 무엇보다 중요한 통과의례이다. 그리고 우리나라가 국민개병제(國民皆兵制)를 실시하는 만큼, 병역 의무 역시 빼놓을 수 없는 통과의례 중 하나이다. 통과의례는 성장을 위한 아픔 같은 것이다. 통과의 과정이 아무리 아프고 쓰릴지라도, 이후에는 새로운 세계에 도달하는 희망이 있다. 희망이 있는 삶이 우리가 추구하는 것이다.

생활하는 데 아무런 문제가 없다고 국적을 헌신짝처럼 던져버리는 요즘 세태를 보면서, 나 하나만 잘 살 수 있다면 가족이야 어찌 되든 상관없다는 것으로 읽혀져 씁쓸하기 그지없다. 국적을 바꾸어, 아니 그들 말대로 이중국적을 정리하여 병역 의무라는 짐을 던지고 난 후 과연 앞으로의 그들 삶이 편안하고 행복해질 수 있을지 의문이 든다.

병역 의무를 피하기 위한 젊은이들에게서 지난 일본 여행에서 보았던 가정에서 밀려난 노숙하는 부랑자들의 모습이 떠오르는 것은 무슨 이유에서일까? (2010)

경운서 편지

2010년이 저물어갑니다. 이제 몇 시간이 지나면 새해가 됩니다. 눈이 하얗게 내려 큰길까지 나가기도 힘들 만큼 높이 쌓였습니다. 이곳에서 매년 새해를 맞으면서 그랬던 것처럼 가족들과 친구들에게 내 인생에서의 마지막 편지를 띄웁니다. 제가 집에서 한 시간이 채 못 되는 곳에 위치한 경기도 이천시 마장면에 채전을 마련하고 가끔 이곳에 와서 머무른 지 어느덧 11년이나 되었습니다. 아내의 퇴직과 더불어 마련한 농토였습니다. 처음엔 모든 것이 손에 익지 않아 몹시 힘이 들었지만, 지금은 어느 정도 일에 이력이 붙고 언제쯤 씨를 뿌려야 할는지 알 수 있을 정도가 되었습니다. 당초 주말이 되면 이곳에 찾아가서 자연을 벗 삼아 책이나 읽고 글이나 쓰겠다는 작정이었으나, 빈 땅이 저를 그냥 내버려두지 않았습니다. 그렇게 시작한 채소 가꾸기가 이젠 반 농사꾼이 되었다고 해도 과언은 아닐 정도입니다. 덕분에 얼굴이 새카맣게 타고, 피부도 거칠어졌지만 건강에 큰 도움이 되었음은 분명한 사실입니다. 새봄이면 돋아 오르는 새싹을 보며, 생명의 신비를 새삼 깨닫게 되는 것도 이곳에서 얻은 수확 가운데 가장 큰 수확입니다. 그리고 그 어느 때보다도 계절에 민감해지고, 자연을 생각하고 환경의 소중함을 깨닫게 된 것도 보람 있는 일 가운데 하나였다고 생각합니다. 남들이 보면 우습다고 여길지 모를 작디작은 10평짜리 농막을 한 채 지어놓고 채전을 가꾸는 일에서 새삼 인생의 의미를 뼈저리게 느끼고 있습니다. 10여 년 전에 작은 묘목을 심은 나무에서 어느덧 복숭아와 자두, 매실 등이 열리고, 밭에 뿌린 씨앗에서 연녹의 새싹이 올라오는 것을 보노라면, 새삼 생명의 신비를 맛볼 수 있습니다. 아마도 이런 것이 우리의 삶을 지탱하는 한 요소가 아닐까 하는 생각이 들곤 합니다. 저녁이면 설핏 가라앉는 해를 바라보면서 마시는 커피 한 잔이 삶을 희열로 가득하게 만듭니다. 누구 말처럼 "나도 저녁 하늘을 붉게 물들이고 싶다."라는 뜻에서 나온 것이 아닙니다. 소멸은 아름답습니다. 더욱이 그게 생명의 소멸일 때는 더욱 그러하지요.

글씨를 잘 쓰는 친구와 서각을 하는 친구가 '경운서(耕芸墅)'

라는 현판을 만들어주어 나름대로의 나의 농촌 생활에 멋스러움을 더하여주었습니다. '경운서'는 "향기로운 풀을 가꾸는 집"이라는 뜻입니다. 그래서 나는 여기에서 내 가슴속의 향기로운 풀을 가꾸고자 노력하여왔고, 생을 마감하는 이 시점에서 보면 제 인생에서 가장 보람 있는 일이었다는 생각이 듭니다.

지난 64년 동안 살아오면서 저는 이 세상 모든 것에 감사하는 마음을 지니고 살아왔듯이 이제 마지막 편지를 띄우는 시점에도 감사의 마음을 전하고 싶습니다. 좋은 가풍을 지닌 집안에서 태어난 것도 저에겐 축복입니다. 어딜 가더라도 서애의 13대손이라는 것은 자랑할 만한 일이었으니까요. 건강하게, 그리고 나쁘지 않은 두뇌를 지니고 태어난 것도 부모님의 은혜입니다. 자라면서 경복이라는 좋은 학교에서 6년간을 공부할수 있었음도 저에겐 행복이었습니다. 그리고 이곳에서 문학과 독서에 취미를 붙이고 평생의 전공으로 삼아 30여 년간 대학교수의 삶을 살 수 있었던 것도 저에겐 행운이었습니다. 제가 좋아하는 일을 하면서, 그걸로 경제적인 여유까지 얻을 수 있었음은 정말 대단한 축복이 아닐 수 없습니다. 문단에서도 실력보다는 과분한 대접을 받았습니다. 모두가 좋은 문우들의 덕분입니다. 언제나 내게 좋은 글을 쓸 수 있도록 격려해주신 선후배들에게 어떻게 은혜를 갚아야 될는지 모르겠습니다.

먼저 동갑내기 아내에게 사랑과 감사를 전합니다. 당신은 저와 고교 1학년 때 문우로 만났지요. 제가 고교를 졸업하고 가정 형편이 어려워 대학 진학을 포기하고 군대에 다녀왔을 때, 당신은 "당신의 가능성을 사겠다."면서 제게 프러포즈를 했었지요. 당신과 한 가정을 이루었을 때 저는 정말 모든 것을 얻은 기분이었지요. 대학과 대학원을 마치고 처음 대학의 전임강사로 발령받았을 때 정말 환하게 웃던 당신의 표정이 생각납니다. 그리고 여덟 살짜리 아들이 불의의 사고로 먼저 하늘나라로 갔을 때, 저보다도 더 의연한 태도로 모든 일 처리를 하는 것을 보면서, 마음속으로 얼마나 당신을 의지하고 미더워했는지 모릅니다. 제 삶에 있어 어느 정도 경제적 여유가 있었다면, 그건 모두 당신의 덕택입니다. 30년간을 중등교사로서 저를 뒷바라지해주었을 뿐만 아니라 알뜰한 살림 솜씨 덕분에 지금의 우리가 있어 온 것이 아니겠습니까? 남은 평생을 당신께 고마움을 표시하면서 살아야 할 텐데, 이제 삶을 마감하는 터라 그 다짐을 지킬 수가 없게 되었군요. 정말 미안합니다.

당신을 통해 딸 진과 아들 승헌에게도 한마디 남기고 싶습니다. 언제나 사랑스런 딸 역시 교사로서 직장 생활과 가정 생활을 한꺼번에 영위하느라 많이 힘들겠지요. 그래도 교사로서의 삶이 가장 아름다운 것이라는 걸 알게 해주어야 합니다. 그리고 승헌에게는 좀 더 진취적이고 적극적인 삶을 살 수 있도록 당신에게 부탁합니다. 승헌이 태어나 자랄 때의 모습은 우리의 기쁨이었지요. 영특한 머리와 광범위한 독서를 바탕으로 큰 사람이 되리라는 기대를 갖게 만들었습니다. 한때의 좌절이 그를 더욱 크게 사용하시려는 하나님의 뜻에서 나온 것임을 일러줍시다. 제 아내 이경원, 제게 모든 것을 베풀어주었던 당신에게 진정 고맙다는 말을 남깁니다. 요즘 시쳇말로 다시 태어나도 당신과 다시 결혼하리라 다짐합니다.

유명 문인들은 자신의 묘비명을 멋지게 쓴다고 하더군요. 그러나 제겐 미리 마련한 납골당이 있습니다. 제가 다니는 교회를 통해 매입한 것이지요. 그러니 자연히 묘비명은 있을 수가 없을 겁니다. 단지 제 이름 석 자로 제가 누워 있다는 사실이 저를 안도케 만듭니다. 그곳이 답답할까요? 그럴 수 있겠지요. 그래도 저는 그곳에 누워 제가 떠난 후 남아 있는 사람들을 걱정하며 행복을 기원할 것입니다.

제가 지니고 있던 책 가운데 승헌이 필요한 역사, 철학 등의 책 몇 권 이외에 문학서적은 모두 도서관에 기증하였으면 좋겠지만 요즘 우리 현실이 도서관에서 도서 수증을 기피하는 현상이 있으니 임영주 교수에게 주시기 바랍니다. 제가 생전에 약속한 일이기도 합니다. 같은 길을 걷는 제자에게 자신의 애장서를 넘긴다는 것도 기꺼운 일이지요.

이제, 새해를 맞아 이 유언장과 함께 주변 정리를 일단 끝마쳐야 되겠습니다. 제가 떠난 후 서랍 정리가 말끔하게 되었다는 기억을 남기고 싶습니다. 제가 떠난 후 이 유언장이 공개되겠지요. 그러나 공개된다 해도 크게 달라질 것은 없습니다. 남은 재산은 유일한 집뿐입니다. 아내와 두 자식들이 공평하게 분배하게 되겠지요.

살아오면서 후회되는 일도 적지 않습니다. 45년 동안 담배를 피우면서 주변과 가족의 충고에도 불구하고 그걸 끊지 못했다는 점입니다. 또 힘들고 어려운 일을 만나면 회피하려는 마음이 앞섰습니다. 의지가 약한 탓이지요. 가끔 화투나 포커 같은 잡기에 빠지기도 했습니다. 모두 정신과 신체 건강에 좋지 않은 일이었음은 당연합니다. 제가 이렇게 일찍 이 세상을 떠나는 것도 이와 관계가 있습니다. 후회가 됩니다. 혹 여자 문제 때문에 제 아내의 속을 끓이는 일이 있었다면, 이 역시 아내에게 용서를 구합니다.

그래도 저를 아는 모든 이에게 드리고 싶은 것은 딱 한 가지는 고맙다는 말입니다. 보잘것없는 저를 위해 사랑을 베풀어준 친구, 선후배, 동기간, 그리고 사랑하는 가족과 손자들, 정말 고마웠습니다. 그 가운데 가장 감사한 일은 제가 부모님이 돌아가신 후 마지막 편지를 띄울 수 있다는 사실입니다. 이제 하늘나라에 가게 되면 저보다 앞서 가신 이들—아버지, 어머니, 그리고 내 아들을 만나게 되겠지요. 무엇보다 이 세상 사는 동안 하나님 아버지를 믿을 수 있어 제겐 크나큰 축복이었습니다. 할렐루야! 제 잔이 넘치나이다. (2010)

나의 악동 시절

    나는 초등학교를 안동, 묵호, 서울 등 모두 세 군데에서 다녔다. 처음 입학한 곳은 경북 안동 시내에 있는 옥동국민학교(현 서부초등학교)였는데, 1952년 4월 초에 입학하여 한 달도 채 다니지 못하고 학교를 그만두었다. 자그마한 학교 건물은 초가로 지붕을 이었고, 아직 6·25전쟁 중인지라 인민군 탱크가 부서져 녹슨 채로 운동장에 가로놓여 있어 우리들의 좋은 놀이터가 되곤 하였다. 집 옆으로 개울이 있고, 개울을 건너면 바로 학교여서 한 번도 정문을 이용하지 않고 철조망 밑을 기어 들어가 등교를 했던 기억이 난다.

    4월 말 교통부 사무관이셨던 아버지께서 안동철도국으로부터 삼척운수국으로 전근 발령을 받아 묵호로 이사를 가게 되었다. 우리 가족 모두는 트럭 뒤에 가득 이삿짐을 싣고, 짐 위에 앉아 점점이 붉은 진달래를 바라보면서 도계를 거쳐 묵호로 갔다. 진달래는 피 같은 붉은 색깔을 띠고 있었다. 이때 처음 태백산맥의 험준한 지형을 보았고, 우리 산천의 아름다움을 알게 되었다. 그러나 전쟁으로 말미암아 산은 헐벗었고, 트럭 위로 불어대던 바람이 아직 차가웠다.

묵호로 이사한 후 바로 전학 수속을 밟지 않은 채 집에서 1년을 놀았다. 아직 한글도 제대로 깨우치지 못한 데다가 겨우 일곱 살에 지나지 않았기 때문이다. 그리고 전쟁이 끝나지 않았던 것이 더 큰 이유였다. 동부전선이 멀지 않은 탓으로 밤이 되면 쿵쾅거렸고, 대포 소리가 온 도시를 낮게 울리곤 지나갔다. 그해 7월의 휴전을 앞두고서는 대포 소리가 더욱 잦아졌다. 이불을 뒤집어쓰고 듣는 대포 소리 때문에 잠을 설치기도 했다.

1년 후, 여덟 살이 되어서 묵호국민학교에 다시 입학을 했다. 무명으로 된 검정 교복을 입고 머리는 빡빡 깎았지만, 다른 아이들에게 비하면 덩치가 제법 컸다. 그리고 공부도 남에게 전혀 뒤지지 않아 이 무렵의 내 시험 성적은 평균이 100점이었다. 시험 볼 때마다 단 한 문제도 틀리지 않았기 때문이다.

그때 묵호국민학교 건물은 전쟁 기간 동안 군에 징발되어 제59육군병원이 사용하고 있었다. 학교 건물을 빼앗긴 학생들은 바다가 내려다보이는 묵호역 앞 광장에 천막을 치고, 맨 땅바닥에 가마니를 깔고 엎드려 수업을 받았다.

우리 학급의 급장은 자그마한 체구의 아이였는데, 옷은 언제나 감색 양복에다가 빨간 넥타이를 단정하게 맸으며, 머리 모양도 우리와는 다른 하이칼라 스타일이었다. 공부를 잘하지 못했으며 수줍음을 많이 타는 편이었다. 우리들은 그 아이가 어떻게 급장이 되었는지 이유를 알 수 없었다. 나를 비롯한 말썽꾸러기들은 공부를 잘 못하고 몸집도 작은 급장을 자주 괴롭혔다. 그래서 담임선생으로부터 꾸중을 많이 들었다. 몸이 바짝 마르고 키가 커다란 담임선생은 나를 특히 미워했던 것 같다.

그러던 어느 날이었다. 급장의 어머니가 학교를 찾아왔다. 급장의 어머니는 우리 모두의 어머니와는 차림새가 달랐다. 화려한 꽃무늬의 투피스에 화장을 짙게 했고, 퍼머 머리에 가죽 핸드백을 들었으며 굽이 높은 구두를 신고 있었다. 어린 시절의 나는 선녀를 보고 있다는 느낌을 받았고, "저런 여자를 두고 미인이라고 하는구나." 생각했다. 그런데 재미있는 것은 그런 급장의 어머니 앞에서 얼굴이 붉어진 채 어쩔 줄 몰라 하는 담임선생의 모습이었다. 그제야 우리는 왜 그 아이가 급장이 되었는지 이유를 알 수 있을 것 같았고, 그 후 급장의 어머니가 삼척 비행장에 근무하고 있는 미군을 상대하는 직업을 가지고 있다는 사실도 알게 되었다.

우리 말썽꾸러기들은 급장이 나타나기만 하면 목청을 높여 노래를 부르며 그를 놀려댔다.

양, 양, 양갈보를 바라볼 때에
호박 같은 낯짝에다 분을 바르고
오케이 쌩큐 유 남버 원
하루에 돈 십만 원 문제없어요.

당시 민간인에게도 널리 알려진 "양양한 앞길을 바라볼 때에"로 시작되는 군가를 우리 나름대로 개사한 것이었다. 그러면 급장은 울음을 터뜨리곤 했다.

이처럼 담임선생의 미움을 산 나는 여름방학을 하던 날, 60명 중 49등이라는 참담한 1학기 성적표를 받게 되었다. 어머니는 이런 나의 성적표를 보시더니, 아무 말 없이 집 안으로 들어가 100점짜리밖에 없는 내 시험지 묶음을 들고 한달음에 학교로 달려가셨다. 어머니는 곧바로 교장실로 들어가시어 내가 왜 49등이어야 하는 그 이유를 물었다. 그날 저녁 교장 선생님이 집으로 찾아와 아버지께 사과하던 모습이 생각난다. 그 일로 담임선생은 분교로 좌천이 되고 말았다. 어린 시절, 악동이었던 내 행동이 빚어냈던 어처구니없는 결과였다.

그해 7월 27일 휴전협정이 조인되어 2학기부터 우리는 본래의 학교 건물을 되찾고 거기에서 수업을 받았다. 그렇지만 우리는 화장실을 갈 수가 없었다. 학교 건물이 병원으로 사용되었던 터라 수술을 하여 잘려진 팔다리가 재래식 변기 아래 그대로 버려져 있었다. 그건 공포의 대상이었다. 여학생들은 운동장 한쪽 구석에서 웅크리고 볼일을 보거나 가까운 집에 달려가서 오줌을 누고는 다시 학교에 오기도 하였다. 가끔 학교에 귀신이 나타난다는 소문도 돌았다. 직접 보았다는 학생도 적지 않았다. 그 후 2학년이 끝날 무렵 나는 아버지를 따라 서울로 올라왔다.

얼마 전 가을, 혼자 동해안을 찾았다. 그 여정의 밑바닥에는 어린 시절의 편린을 줍고 싶다는 욕구 때문이었다. 이때 묵호의 옛집을 찾을 기회가 있었다. 일본식 건물이었던 철도 관사는 헐려나가고 그 자리에 붉은 벽돌 2층집이 서 있었다. 그네를 매었던 마당 한 곁의 큰 벚나무도 베어지고 없었다. 주변을 어정거리던 내게 다가온 주인은 "내가 살던 집터"라는 말을 듣고는 냉수 한 사발과 연시 두 개를 대접했다. 대문 앞에서 나보다 열 살은 더 먹어 보이는 두 할머니와 이야기를 나누었다. 이야기 끝에 초등학교 1학년 때의 같은 반 동창이었음을 확인하고 잠시 쭈그리고 앉아 그 시절의 추억을 풀어낸 다음 서둘러 다음 여정을 잡았다.

50여 년 전의 아련한 기억을 더듬으면서 괜히 악동 노릇을 하던 그 시절 내 모습을 묵호 앞 바다의 허허로운 바람결에 모두 날려 보내고 싶다. 겨울이면 한 길이 넘을 만큼 내려 쌓여 이듬해 봄이 되어야 겨우 녹기 시작하는 묵호의 눈처럼 그 시절의 기억은 더디 녹는 모양이다. (2003)

무관심 시대

토요일 오후, 잠실 집에서 직장인 대학이 있는 성남시로 뱅뱅 돌던 쳇바퀴 같은 일상에서 벗어나, 서울 도심지로 가는 버스를 탄다. 한 달 이상 만나지 못했던 친구와 만나 한 잔의 커피를 나누며 이야기를 나누어도 좋겠고, 미술관 주변에서 어정거려도 좋을 그럴 계절이다. 매일매일 집과 직장만 오가다가 오랜만에 만나는 서울의 친구들은 언제나 내게 신선한 자극을 주고, 이발소의 그 고여 있는 듯한 권태에서 나를 일깨워준다.

그런데 버스를 타고 앉아 있다 보면, 자연히 옆자리에 앉은 이들이나 옆에 서 있는 사람들의 표정을 훔쳐보게 되는데, 그들의 얼굴에서 한없는 피곤함과 더불어 희로애락(喜怒哀樂)이 전혀 나타나 있지 않은 것을 발견하게 된다. 그저 무심히 차창 밖을 내다보고 있거나, 혹은 젊은 학생 서넛이 뒷좌석에 앉아 소란스럽게 해도 사람들은 이를 거들떠보는 법도 없이, 그저 자는 체하거나 앞만 응시하고 있다. 무표정이고 무관심 그 자체이다.

사실 현대인의 무표정은 어제 오늘에서 비롯된 것은 아니다. 공휴일이면 70만의 인파가 모인다는 과천 대공원의 소풍객 역시, 놀이를 나왔다면 당연히 즐거운 표정을 지어야 마땅할 텐데도 불구하고 별반 감정을 겉으로 드러내지 않고 있다. 즐거워하는 것은 어린이뿐이고 어른들은 한결같이 짜증스런 얼굴을 한다.

무엇이 우리들의 얼굴에서 표정을 빼앗아가고, 또 남아 있다고 해도 짜증스런 표정 일색으로 만들어주었는가? 어린이도 어린이다운 표정을 짓지 못하고 점잖은 얼굴을 하고 있어야 "얼마나 어른스러워!"라는 칭찬을 받는 세상이 요즘이다.

작년 여름, 오랜만에 경주를 다시 찾을 기회가 있어 석굴암에 올랐다. 나는 그때 본존불(本尊佛)의 얼굴에서 커다란 감명을 받았다. 돌로 깎은 듯싶지 않게 우아하고 부드러운 선과 표정에서 불교에서 말하는 자비의 실체를 보았기 때문이다. 모든 것을 용서하고 감싸 안아줄 것만 같은 은은한 미소는 이교도인 나도 그 앞에서 두 손 모아 합장하게 만드는 힘을 지니고 있었다.

오늘날 우리 주변에서 아름답고 자비로운 표정을 가진 이는 정말 찾기 힘들다. 나이가 들면, 나이에 비례하여 지혜가 늘고,

그 지혜는 얼굴을 자비와 온유함으로 가득하게 만든다고 했다. 그래서 에이브러햄 링컨은 "마흔 이후의 얼굴에 대해서는 자신이 책임져야 한다."고 말하지 않았던가.

우리는 문명의 발달과 더불어, 물질의 풍요를 얻는 대신 귀중한 정신을 잃어버리고 산다. 가치 기준은 단지 물질이요 생각하는 것은 나 중심의 이기주의이다. 나만 잘 되면 그만이고, 나만 부자가 되면 족하다는 사고방식이다. 그래서 이웃이 어려운 지경에 놓여도 "내 일이 아니니까" 하고 외면해버리게 된다.

내가 잘되는 것은 당연하지만, 남이 잘되는 것은 배가 아프고, 또 남에 대한 칭찬에는 인색하다. 이처럼 좁게 자기 자신만 생각하다 보니, 종교를 가져도 '사랑의 실천'이나 '이타행'보다도 자신의 기복(祈福)에만 급급하다. 남의 일에는 관심조차 없고 또 관심을 가질 필요도 없다.

10여 년 전, 영등포구 T동에 있는 모 아파트에서의 베란다 밑에서 밤새 어린이가 동사한 사건이 있었다. 추운 겨울 밤, 모든 주민들이 어린이 울음소리를 들었다고 했는데, 자기 자식이 아니니까 밖을 내다보지 않았다. 누구든 집을 못 찾고 추위에 떨며 울고 있는 어린이를 보살펴주었다면 그런 비극은 없었을 것이다.

시멘트로 이웃과 단절된 사회에 살면서 우리가 극복해야 될 일은 바로 남의 일에 무관심한 우리들의 이기심이다. 작은 아픔을 이웃과 나누면서, 나보다도 남을 먼저 생각하는 마음가짐이 필요하다. 소설가 박경리(朴景利) 씨는 6·25전쟁 직후를 '불신 시대'라고 했지만, 요즘 시대는 바로 '무관심 시대'이다. (1995)

빈 들에 서다

경기도 이천시 마장면에 작은 텃밭을 하나 가지고 있다. 아내가 중학교 교사직을 그만둘 때 퇴직금으로 마련한 것인데, 10여 년 전부터 그곳에 농막 한 채를 짓고 채전을 가꾸고 있다. 시골 출신이지만 성장기를 서울에서 보낸 우리 부부는 한번도 농사를 지어본 일이 없다. 비록 작은 텃밭이지만 채소를 심어 가꾸는 일이란 한마디로 언감생심 그 자체였다. 그곳 동네 어른들에게 배우고, 책도 읽어가면서 농사에 관한 지식을 하나둘 알아가기 시작했다. 덕분에 이젠 어느 정도 초보 농사꾼의 신세를 벗어났다. 언제 씨를 뿌리고 모종을 내야 하는지 알게 되었고, 작물의 특성도 차츰 터득하게 되었다. 이제 가게에서 채소를 살 이유가 없어졌다. 내 손으로 가꾼 유기농 채소를 먹는다는 사실만으로도 몹시 기꺼운 일이 아닐 수 없다. 따가운 햇볕으로 말미암아 피부가 엉망이 되어 실제 나이보다 열 살 정도는 더 들어 보인다는 남의 입방아에도 상관하지 않는다. 자연이 주는 혜택은 그걸 상쇄하고도 남기 때문이다.

며칠 전 가을비가 한 차례 뿌리더니 기온이 곤두박질쳤다. 화단 한편에 심어놓은 노란 소국(小菊)이 늦은 가을의 찬바람을 맞으며 서 있다. 국화를 제외한 꽃뿐만 아니라 봄부터 여름 내내 가꾸었던 대부분의 작물들도 모두 그 모습을 감추었다. 가을 걷이를 끝냈기 때문이다. 고추, 가지, 오이, 고구마, 토란, 야콘 등은 이미 뽑아버렸고, 배추와 무, 파, 갓 등 김장거리의 수확도 모두 끝마쳤다. 이젠 황량한 빈 밭만 남아 있다. 봄에 모종을 내거나 씨를 뿌려 여름 동안 무성하던 채소들이 모두 사라지고 제 역할을 다 마쳤다는 듯이 허연 배를 드러내놓고 있는 밭을 보면 어쩐지 삭막하다. 이제 머지않아 얼음이 얼고 눈이 내리면, 주말이면 이곳에 와서 채전을 가꾸던 생활은 당분간 긴 잠에 빠져든다.

나는 늦가을의 빈 들을 좋아한다. 빈 들을 바라보노라면 모든 것을 내어주고 휴식에 들어간 나 자신을 보는 것 같아서이다. 자연은 무엇을 소유하려 않는다. 다만 자신을 이용하여 인간의 삶이 풍요로워지면 그것으로 만족한다. 그리고 계절이 기울면 그제야 긴 휴식에 빠져든다. 우리 인간도 자신과 자식을 위해 맡은 일에 열중하다가 노년이 되면 인생의 막 뒤로 쓸쓸하게 퇴장하지 않는가. 중국 동진의 도연명은 작품 「귀거래사」에서 벼슬을 버리고 고향으로 돌아가는 자신의 심정을 읊으면서 벼슬살이를 할 때를 일러 "정신이 육체의 노예"였다고 비유했다. 그리고 그는 길을 헤매고 다니다가 비로소 바른 길을 찾았다고도 했다. 들판은 봄부터 가을까지 제 역할을 다하고 겨울이면 조용히 자신의 존재를 감춘다. 이런 빈 들을 바라보면서 나도 앞으로 빈 들과 같은 삶을 살리라 다짐해본다. 그래서인지 나는 "국화꽃 져버린 겨울 뜨락에/창 열면 하얗게 무서리 내리고"로 시작되는 우리 가곡 「고향의 노래」를 가장 좋아한다.

　시인 정진규 님의 「비워내기」라는 작품이 있다.

　　　　우리집 김장날 내가 맡은 일은 항아리를 비워내는 일이었다
　　　　열 동이씩이나 물을 길어다 말끔히 말끔히 가셔 내었다
　　　　손이 시렸다
　　　　어디서나 내가 하는 일이란 비워내는 일이었다
　　　　채우는 일은 어느 다른 분이 하셔도 좋았다
　　　　잘하는 일이라고 신께서 칭찬하셨다
　　　　요즘 생각으론 집이나 백 채쯤 비워내어 그 비인 집에 가장 추
　　　운 분들이 마음대로 들어가시게 했으면 좋겠다
　　　　이 겨울을 따뜻하게 나셨으면 좋겠다

비워내기는 새로이 채우기 위한 사전 준비 작업이다. 추운

겨울날 손이 시린 것을 불구하고 항아리를 비워낸다. 그럼으로써 다른 것이 그곳에 들어올 수 있다. 여기에서 항아리는 자아를 뜻하는 것이리라. 자아를 비워 다른 이가 그곳에 들어올 수 있도록 만드는 데는 무엇보다 이타행이 필요하다. 그러나 비워내기란 그렇게 쉬운 일이 아니다. 내 것에 대한 강한 소유욕과 집착은 자기중심적 사유에 기인한 일종의 병일 수도 있기 때문이다.

가끔 서울 시내에 나가면 서점에 들러본다. 처음에는 어떤 책들이 출간되었나를 알아보기 위한 것이었지만 이 책 저 책을 들쳐보다가 마침내 서너 권의 책을 사들고서야 서점을 나선다. 그렇게 사 모은 책이 어느새 서재 한구석을 차지한다. 집안 구석구석마다 쌓여 있는 책들이 이젠 두통거리다. 스스로 생각해도 이제 와서 새삼스럽게 책을 소유하려는 이유를 알 수 없다. 이제 대학에서도 퇴임을 하고 조용히 농토를 일구면서 지내는 것이 가장 아름다운 삶임을 잘 알면서도 책만 보면 소유하고 싶은 유혹을 떨치지 못한다. 그걸 살 때는 금방이라도 읽을 것처럼 부산을 떨지만 귀가하는 대로 책장에 꽂아놓고는 그대로 방치한 게 많다. 아니면 앞부분을 읽다가 그 면을 접어놓고는 더 이상 읽지 않은 것이 대부분이다. 이 역시 소유욕에서 비롯된 행동이다. 독서에 게으름을 피우면서 책을 쌓아두는 행동도 자기중심의 소유욕에서 나온 것이다.

나도 남들이 말하는 무소유의 삶을 살고 싶다. 비워내어야 다시 채울 수 있다는 것도 익히 알고 있다. 그러나 자신을 비워낸다는 것은 참으로 어려운 일이다. 비워내기가 어렵다면 처음서부터 움켜쥐지 않으면 된다는 사실을 알면서도 그게 잘 되지 않는다. 내겐 또 하나의 고질병이 있다. 일에 대한 욕심이다. 나는 내가 할 수 있다고 생각하는 일을 다른 이가 맡으면 마음 한 구석이 미편하기 그지없다. 법정 스님은 무소유를 말하였다. 성경에도 욕심을 버리면 자유를 얻을 수 있다고 쓰여 있다.

이제 겨울의 문턱에 걸터앉아 빈 들을 바라보며 또다시 '비워내기'의 삶을 생각해본다. 단순히 감상에 젖은 생각이 아니라 땅을 사랑하는 자세로 농사를 짓고, 인간을 사랑하는 태도로 문학을 가꿀 것이다. 그건 모두 자기 자신을 철저하게 비우는 일로부터 시작된다. 그래서 나는 모든 구속에서 벗어난 자유인이고 싶다. 석양이 막 서쪽 하늘로 사라질 무렵, 저녁을 먹은 다음 커피 한 잔을 타 들고 마당에 내려선다. 그리고 나무 벤치 위에 수북이 쌓인 마른 낙엽을 치우고 거기에 앉아 붉은 석양을 바라보며 마시는 꼭 커피 한 잔만큼의 행복에 젖는다. 그러면서 그 행복이야말로 비워내기의 마음가짐에서 온 것이 아닐까 자위해본다. 아마 오늘 밤엔 다시 봄을 맞아 푸르게 변한 채전을 바라보는 꿈을 꾸게 될지 모르는 일이다. (2008)

류재엽 柳在燁

경북 안동 출생. 문학평론가. 문학박사.
『월간문학』 신인상을 받으며 작품 활동을 시작했다.
저서로 『꽃 꺾어 산 놓고』 『한국근대역사소설 연구』 『한국문학의 지평』
『이성의 문학 감성의 문학』 『우리 시 우리시인』 등이 있다.
비평문학상, 동국문학상, PEN문학상 등을 받았다.

무관심 시대

인쇄 · 2015년 9월 17일   발행 · 2015년 9월 24일

지은이 · 류재엽
펴낸이 · 한봉숙
펴낸곳 · 푸른사상

주간 · 맹문재 | 편집 · 지순이, 김선도 | 교정 · 김수란
등록 · 1999년 7월 8일 제2-2876호
주소 · 서울시 중구 충무로 29(초동) 아시아미디어타워 502호
대표전화 · 02) 2268-8706(7) | 팩시밀리 · 02) 2268-8708
이메일 · prun21c@hanmail.net / prunsasang@naver.com
홈페이지 · http://www.prun21c.com

ⓒ 류재엽, 2015

ISBN 979-11-308-0560-3 03810

값 15,000원

무관심 시대

류재엽 수필집

빈 들을 바라보며 또다시 '비워내기'의 삶을 생각해본다.
단순히 감상에 젖은 생각이 아니라
땅을 사랑하는 자세로 농사를 짓고,
인간을 사랑하는 태도로 문학을 가꿀 것이다.
그건 모두 자기 자신을 철저하게 비우는 일로부터 시작된다.
그래서 나는 모든 구속에서 벗어난 자유인이고 싶다.

— 「빈 들에 서다」 중에서